书·美好生活
Book & Life

书，当然要每日读。

梁永安 著

梁永安

阅读、游历和爱情

北京时代华文书局

序 言
高黎贡，所有这一切的真正起点

1973年10月23日，我和几个高中毕业的同学走下大巴，伫立在怒江峡谷的一个山脚下，忐忑地等待上面的村寨派人来接。

峡谷，总是有些神秘的气息。已是傍晚时分，一里开外，怒江水默默地流着，泛起变幻莫测的道道水纹。夕阳暖黄，余晖斜照东岸高高的山崖，剪映出一群群归巢山鸟的灰影。向西望去，延绵不绝的山峰忽明忽暗，沉甸甸地倚在天际，那就是日夜俯瞰怒江奔流的高黎贡山。

那一刻，我忽然有些惶惑：难道以后就要在这深深的怒江峡谷中扎下根来，日复一日地劳作，在高山与江水的笼罩中度过一生？一切都没有答案，我蓦然有些失落，天色似乎更加灰暗了。

没想到，两年后的1975年，也是10月23日，我坐在大卡车上，在同一个地点启程，回城当了工人。那一天，那个叫"芒合"的傣族寨子渐渐远去，直到看不见，但我还是看了又看，满心地不舍。

1978年2月，我考入复旦大学，从学生到教师，在上海一晃多年。虽说学业、工作紧，也走过了世界上不少地方，但夜深人静之时，常常有一种无形的引力，带我梦回曾经生活了两年的怒江峡谷。金黄的杧果、肥硕的芭蕉叶、雪白的瀑布、傣家人的火把、月夜的稻香……一切一切，都飘荡在记忆之海中，融入生命的脉动中。

我插队所在的芒合寨散在一片高坡上，坡后是一道清冽的河流。河水自山谷蜿蜒而下，山谷两旁是枝叶葳蕤的热带杂木林。林子里散布着数不尽的山花、野果。最常见的是橄榄，绿的、黄的、大的、小的，林林总总，一树又一树。这里的山也千姿百态，拐一个弯，眼前就变了样。水往低处流，在山和山之间划下一道道山涧，山涧自然也弯弯曲曲。奇妙的是，沿山涧向上望，极远处的树木茂密处，隐约一道瀑布遥挂山崖，那大概是这条河的上游了。从瀑布再往上看，景色飞快变化，绿色犹如被一支巨笔匆匆抹去，只留下灰茫茫的松柏，点缀在峻峭的高寒处。从它们稀落的远影看，那里的风日夜刮个不停。

从那片灰色再向上，亮闪闪地浮着皑皑的白雪，透出圣洁与威严。白雪之上，千丈古岩赫然耸立，青光闪闪，那是高黎贡山的高峰，本色、凛然又单纯。

这就是芒合寨的背景，一幅巨大的垂直画卷。这画卷的纵深，不过短短几十里，但视野中的风景，千变万化。从这美丽画卷中流出来一道哗哗作响的大河，从村后绕了个弯，跳跃着飞驰而下，跃入怒江，激起不尽的喧哗。

来到芒合寨不久，便是热闹的春节。初春二月，江风已经暖了。无雨的时节，江水碧绿，波纹柔而长，携着山影而来，流着落花而去。江岸一片银白，裸露的江沙晶晶闪亮。成群的木棉树还没有长出绿叶，古灰色的枝头上却已经绽开了一朵朵火红的花，倒映在一江春水之中。这是怒江最妖娆的时光，它一路化开冬日的萧瑟，带来两岸五彩的春意。随着布谷鸟的呼唤，傣家人进入繁忙的春种时节，晒田、放水、育秧、插秧……一年的耕作，开始了。自然在默默地运行，江水和高山和谐地传递着万物生长的节律，美丽的芒合寨，远远望去，笼罩在浓浓的绿荫中，若隐若现，一切都天衣无缝，共容在山水相依的情意中。一道道水田、一垄垄甘蔗、一片片芭蕉林沿着缓缓的坡地舒展开来，仿佛是生灵千古的呼吸。

怒江两岸，并不是芒合寨得天独厚，独领风流。沿着怒江西岸的山道行走，一道道江湾接着一片片山坡，一张一弛地伸向远方。山坡有大有小，各族百姓就栖息在这些可耕可居的山地上。山坡的后面大多有河，河两岸一定有山，屏风般交错着，移向高黎贡山的深处。在春日里登高远望，天地人浑然一体，气势磅礴而又纯净澄明。从古到今，人们追求的不正是这种物我两忘的境界吗？

被这片大自然的灵秀之地吸引，傣族、傈僳族、彝族、景颇族、德昂族，还有汉族纷纷在怒江两岸定居，形成多民族杂处的特异人文。当时每月逢十，是各族人"赶摆"（"集会"之谓）的日子。赶摆的地方，可以说是个小小的民族服装展示会，各族人来来往往，服饰五颜六色，风情瑰丽。印象最深的是景颇族的男人和德昂族的女人。景颇男人的服装大黄大黑，腰上斜挂着一把长刀，威风凛凛。而德昂女人上装缀满银子打的圆片，小腿上套着密密的黑色竹圈，走起来飒飒有声。卖东西的人并不称斤论两，而是按"个"或"串"或"堆"交易。各族人有时语言不通，就用手比比画画，彼此会意一笑。赶摆时能见到很多城里难得见到的稀罕东西。山野风貌浓浓的摊位上，有时也能看到日本的双狮表、东南亚的T恤衫、美国的打火机……俨然有了全球化气息。那里离缅甸很近，人流往返，也带来了异国他乡的物资。

峡谷里的人生活很简单，耕种稻田山地，还有密密的甘蔗林。甘蔗是村寨重要的经济作物，让芒合寨的强劳力一天能挣一块六毛钱。记得我刚刚到上海读书的时候，有次与当过知青的同学一起聊天，谈起收入，才知道很多人在农村劳动一天竟然只得到两三毛钱。这使我猛然明白，怒江虽然山高路远，但上天待人并不薄，使那里的人们在一个普遍贫困的年代，还有超出平均水平的收入。然而这种记忆是短暂的，芒合寨在短短的一年中，也遭遇了元气大伤的收入锐减，起因是计划经济的指令。上级让芒合寨划出100亩地栽种棉花，而热带地区种棉花，最大的问题是治虫。棉花苗刚出土，各种虫害就汹汹而来。唯一的办法是喷洒药水。于是我和几个社员天天背着喷雾器与棉虫战斗，几天一个循环，根本不敢停。棉花地中央有一棵光秃秃的树，不知死去多少年。但我们开始打药水的第二天清晨，远远看去，地里那棵枯树一夜之间青枝绿叶！太不可思议了，我们简直要相信世界有神了。我跑到树旁细看，不由得倒吸一口冷气：原来那些"绿叶"是一树密密麻麻的碧色毛虫。看来是它们受不了满地的药水气息，到树上避难了。这是我人生中看到的最惊悚的画面，至今历历在目。这些棉花地费尽了芒合寨的人力、物力，最后的结果，一亩地仅能收到十来斤棉花，几乎把生产队拖垮了。这记忆伴随着回城后的精神成长，让我深深地知道，我们为什么需要改革开放，为什么不能让这样的苦难重现。

靠山吃山，靠水吃水，这是人类的生活法则。芒合寨的乡民除了种植，还上山打猎，下江捕鱼。上山打猎，野猪、麂子、狗熊，都是目标。寨子里有个智力障碍小伙，看到别人在河边埋设铁扣，捕捉水獭，于是他也借了几副铁扣，随意安放在河边。想不到他一天之内扣到三只水獭，创造了史无前例的奇迹。看到他提着三只水獭，去供销社卖了48元钱，我忽然感觉这山乡有点儿魔力，什么奇幻的事儿都可能发生。后来他再接再厉，借了一个竹子编的长笼，放到怒江里捕鱼。说来真不可思议，他竟然捉到了一条重达43斤的大鲶鱼。是不是怒江以此向人们昭示自己的深不可测？

生存是艰难的，但傣家人的习俗仍有一股浪漫的气息。春节、火把节红红火火，日常的习俗也情趣丛生，特别是"抢婚"，令人忍俊不禁。我第一次看到"抢婚"是在春天，清晨一片寂静中，一阵哭声突然响起。细细听，是母女在对哭，起起伏伏绵延不止。我赶紧起来问人，才知道今天有"抢婚"。按常规，出嫁的女儿要依偎在母亲身边，二人一起嘤嘤哭泣。院落外，一大群提着棍棒的小伙子严阵以待。母女的哭声萦绕不绝，一直到日上三竿，来"抢亲"的男家还不见踪影。女家的父亲跑到家门口不停地张望，嘴里念念有词：这么晚了，怎么还不来抢？还好，等了半晌，男家的队伍终于赶到，两辆手扶拖拉机装满手执棍棒的小伙子。他们跳下车,与等候在女家门口的人群"大打出手"。棍棒交错中,男家的人终于突入院中,将新娘架了出来。新娘一出来,"战斗"的双方立刻笑脸相向,热热闹闹坐下来大碗喝酒,大块吃肉。这样的习俗,恐怕有上千年了吧?

在芒合寨只生活了短短两年,但它始终伴随着我后来的生活与成长。2002年我在日本神户外国语大学教书时,学生问我:"你最难忘哪一段生活?"

"在云南高黎贡山劳动的那两年。"我几乎不假思索。

我常常想,那两年的时光为什么如此令人难忘?也许,是那里山高水长的苍郁气象;也许,是那里淳朴奋勉的乡民。细细体会,更还有那永不褪色的生命体悟。芒合寨的乡民给了我们一亩菜地,紧靠在大河边。种下的番茄、辣椒、玉米、扁豆、茄子,从娇弱的幼苗,到碧绿的枝叶,最后结下沉甸甸的果实。当我吃下第一口自己种出来的番茄时,喜悦盈满身心。那一刻我深切地体会到,自己种出来的果实最香甜,其他一切都显得虚浮。也就在那个时刻,我明白了幸福与快乐不是一回事儿:快乐是轻松欣喜,实现心之所欲;而幸福,那是一路艰辛的奋斗,是生命的展开,是一步一步地活过。唯有劳动者,才能打开幸福的内核，播撒未来的种子。这信念朴素而简单，但在现代生活无时无刻不经受着冲击，滚滚历史八面来风，如何在纷纭中走自己的人生路？追昔抚今，所有的心绪，都可以追溯到在高黎贡山的劳动中。

8年前，我和几位上海的友人一起去到芒合寨，站在波浪飞动的大河边，眺望大山的云聚云散。一位朋友忽然对我说：今天来到这里，才真正了解了你，才知道你热爱什么样的生活。

那一刻我被深深地感动，满眼都盛开着山茶花。

在这本小书出版之际，我愿与读者分享这样的回忆。人生行万里路，读万卷书，迢迢无尽，而美丽的高黎贡山，是所有这一切的真正起点。

目录

谈自我
3　在失去坐标的转型时代，青年人如何定位自我
7　如何接纳不完美且独一无二的自己
9　人这种社会动物，如何坚定自己

谈工作
17　工作很苦，不喜欢，怎么办
21　"摸鱼"可耻？怎样做一个理直气壮的打工人
29　我劳动，我幸福
33　关于斜杠青年

谈人格
41　乌合之众的社会规则
45　一个好人该如何定义

49	好人，是一棵会思想的芦苇
52	以无畏的精神去生活，是好人的生命素质

躺平与幸福

59	躺平，是对生活有了新思考
61	跳出当下，眺望幸福
65	当代年轻人，需要哪些生命的探索

谈女性文化

75	几千年来的文化压制与禁锢
79	女性文化伴随社会发展，曲折向前
83	真正的女性文化是突破对自由的束缚
88	女性寻找到自我的精神价值，需要这三步
94	女性让男性越来越有压力？

谈女性写作

101	女性写作者的基因形成
105	人人都能写，但不是人人都能当作家
109	如果没有天赋，还能写作吗？
110	写作也要断舍离

我们为什么相爱相杀

117 女性的解放与困境
120 相爱相杀源于人性的复杂
122 相爱是存量，相杀是增量
123 爱情不是方舟，人应该追寻更大的精神空间
128 单身其实是一件光荣的事

谈爱情

135 相爱路上，一定要抓住决定性的瞬间
138 时代复杂，怎样抓住瞬间
140 瞬间的决定来自对生活的体认
142 小说、电影中的爱情瞬间
147 爱，不思考，才有永恒

谈孤独

153 孤独在中国文化语境里的难言之隐
155 自由的生活，必然从孤独开始
156 有思想的人是孤独的
159 孤独，让你认识自己
161 孤独的人有一种精神上的超越
163 有孤独的能力，才能造福大众

165　孤独的巨大障碍是放不下
167　孤独的力量

谈读书

173　书和人的生命，是连在一起的
175　阅读是生命的答案
180　细读是一种态度
182　书籍打开人的灵性
186　书写是读书的试金石
188　我们的读书时代
189　怎样读书，读什么书

谈生活

195　年轻人应该拥有怎样的生活方式
199　如何打开年轻人的世界
203　如何理解年轻人的力量和软弱
211　年轻人要如何面对变化

谈社交

217　年轻人的社交问题，大家都很宅？
225　年轻人一定要避免无效社交
227　"社死"还是"社牛"？关键是找到"活过"的价值感

谈修养

- 233 修养，需要人文精神的养成
- 235 现代人的自我修养：热爱自然、人类、生命
- 241 人与人相处，如何做到恰到好处地尊重

谈美

- 247 对美我们要有一种历史性认识
- 251 为什么现在的审美趋向中性化
- 254 审美和审丑，该怎样界定

谈艺术

- 259 艺术不仅是绘画、音乐，艺术是原创，是自由
- 261 艺术的无用之美比有用还厉害
- 262 年轻人要怎样去学习艺术

附录

- 265 梁永安答读者问

年轻人拥有未来。

如何衡量自我价值？其实很简单：每天都反思一下自己，看看在知识上有没有增加？文化视野的宽度有没有扩大？情感的含量有没有更加丰富？行动性有没有增强？

谈自我

在失去坐标的转型时代，青年人如何定位自我

当今中国青年正处于这样一个历史阶段：前面走过的工业化道路，包括改革开放，实际上是比较容易的，因为有可参照、借鉴的东西，真正的困难还在后面；往后的社会发展是文明的多元、文化的多元、生存的多样性，是精神、心灵、文化方面的再发展，而不仅仅是物质。物质发展相对确定后，就要思考自我和自我价值、思考人的精神追求，而人的精神价值在哪里，这个答案很难寻找。

人的自我问题，涉及多个层面。一个是本然的自我，即自然人，一路成长过来形成的自我，是以往你所有选择的结果，具有实在性。另一个是想象中的自我，即自己觉得自己是什么样的人。想象会衍生各种问题，比如有的人有自卑感，有的人有讨好型人格，有的人觉得自己不完美……原生家庭的挫伤感、阶层之间的差距感等，都会影响个人对自我的想象。人对自己的想象各不相同，想象的自我跟本然的自我，两者是不一

致的。因为想象的自我经过了自我意识的洗礼，又经过了变形折射而来，不可能是本真的。还有一个是理想中的自我，即自己觉得理想中的自我应该是什么样子，这跟想象中的自我往往也很不相同。

所以在认识自己这个问题上，首先要认识本然的自我。这个自我需要经历长时间的摸索、觉醒、探索。人生需要孤独，在孤独中沉淀自己。在福克纳的小说《喧哗与骚动》中，南北战争之后，南方庄园文化衰落了，南方贵族、庄园主萌生了一种很强的没落感、破碎感。昆汀在哈佛大学念书，他变得敏感起来，跟时空的关系一下子紧张了。时钟"嗒嗒嗒嗒"的声音让他感觉时间在快速消逝，对他来说时间成为一种特别绝望的东西，最后他把钟表砸掉，但依旧停止不了时间。

人面对这个世界，需要自我衡量。对这个世界，本然的自我到底自然不自然？时空是一个很大的问题，每个人在时空中所处的位置是不一样的。昆汀最后绑铁跳水自杀了，他本然的自我是一个很优秀的哈佛大学学生，自身怀有一种使命感，对南方传统文化很虔诚。他比一般人更有思想，更有反思性。但在对自己的想象里，他觉得自己要承担拯救、维护南方文化价值的重任，所以当他得知妹妹跟一个浪荡子有了私生子之后，他觉得这不仅仅是私生子问题，而是整个贵族的荣耀、尊严都被击破了。为了不让这件事情被外部的势力粉碎性地侵入，他回到家对爸爸说，事情的真相是他跟妹妹乱伦。这样的话，家丑不再是外部矛盾的问题,而是一种对自我的维护。父亲历经沧桑,一眼看出大儿子绝望的努力,冷冷地看着他。昆汀知道自己的话被父亲一眼看穿,最后他的精神也破灭了。

一个人照亮自己、发现自己,一定要知道自己在社会和历史舞台上处于什么位置,而不是做一个漫无目的的自然人。现在很多人看不清自我,就是不知道自己作为一个社会人、文化人到底处在一个怎样的位置上,有什么样的价值。尤其是在我们今天的转型社会,参照的坐标都失去了,人更不知道该以什么为依据。现在很多人靠参照人群来认识自己,在一个小环境里去比较,看自己时缺少历史维度、社会维度,这样一种状态对真正地认识自己有很大的阻碍。

从另一个角度讲,这也是当代年轻人的幸运,因为以往人的自我角色太确定了。在一个家族中,我是老大,我要承担主要的责任;我是老二,我是老三,我是男孩,我是女孩……每个人的位置都被几千年的传统思想所固定,衡量自己人生的标准很简单。这种价值维度是一元的,特别清晰。

在全球化的今天,价值维度多元,与以往确定的衡量标准不一样,个人的判断选择特别难。在这个多元体系里,年轻人好像是要追求人生自由,觉得"在路上"挺好,但是"在路上",对社会只有反叛,自我价值到底在哪里,他们其实并不清楚。如果身在体制内,在一个规矩里,在一个比较确定的轨道里，年轻人又觉得世界那么大，自己还没有出去看看，好像活得不太自由，没有释放出生命的探索性。

人类发展到今天，青年一定要明白一点，我们是站在巨人的肩膀上发展的。英国工业革命时期，人类在农业社会有限的经验上，改良蒸汽机、开采煤矿；后来美国进行新科技革命、发展网络化的时候，我们是站在工业革命的成果之上，让经济带有知识、网络和信息化元素；1978年改革开放，特别是20世纪90年代之后，整个人类已经经过三次工业革命，现在正处于第四次工业革命阶段，中国青年站在这样一个历史维度里，在这个过程中，自我不是空的，不是抽象的，随着历史不同、社会不同而具象、变化，自我的价值、自我的可能性都不一样。

中国青年认识自己的时候，要有这样一个认知：在历史上，人类有游牧民族的属性，又有海洋民族的属性，还有农业民族定居耕作的属性，自己到底是哪一种文明属性？

今天的年轻人，往往自我分裂。他们的生存方式、劳动方式是农业民族定居式的，要风调雨顺，具有因果逻辑的直接性，延续的是农业民族种瓜得瓜、种豆得豆的传统思维；但现在势态下的我们又有很多游牧民族的特点，需要我们"逐水草而居"，像找工作，大有这个特点；全球化阶段，我们又有海洋民族的特点，必须去探索、开拓，去乘风破浪。

当代青年需要在这三种文明属性里进行价值重构,可重构什么呢?

社会面向全球的时候,我们需要海洋文明的精神推动它;坚持做周期性的事情时,要时段,要播种、收获,需要坚持农业文明的开垦性和持久性;而要探寻生活的自由感时,又需要游牧民族特质发挥作用。

我们今天的麻烦就在这里,自我已经失去了坐标,很难用一元的标准来衡量。今天的人,时代留给他们思考和沉淀的时间太短,而社会形态又太复杂,自我认知很难建构。在这么复杂的时代,要整合各个维度的东西非常不易,一般要几百年的过程,正是"路漫漫其修远兮"。

如何接纳不完美且独一无二的自己

如何接纳不完美且独一无二的自己?这一代青年,如果现在不思考这些事情,越往后走,就越难。青年们要意识到,自己是新一代人。农业社会的传统要求完美,像电影《花样年华》中华丽的旗袍,很美,很好。但华丽是一种束缚,为了维持美,人浑身被包得严严的,内心的情感释放不出来。美,是已经成熟的文化,是之前的文明形成的一系列标准。而新一代人往前走的时候,横冲直撞,必然不完美,必然充满缺失,必然是凌厉又粗糙。如果这个时代追求固有的完美,很大程度上是一种对自我的强力修剪。

日本作家谷崎润一郎写的《细雪》,在这方面讲得特别好。《细雪》的主人公是出身名门望族的四姐妹。四姐妹中,老三追求完美,她是英文专业毕业,想像传统的女性一样,不出去干活,在家里穿着和服插花,另一方面她又想相亲,找自己爱的人,然而鱼与熊掌不可兼得。时代在变化,年轻人都在寻求一种新的生活状态,职业化程度也越来越高。老四不一样,她打破了三个姐姐的范式,自食其力,前后有三个男友,与第一个男友私奔,以怀孕为理由迫使家庭同意她与第三个男友结婚。老三看着她,满脸沧桑。但是老四代表新的年轻一代,自己走向社会,虽不完美,却是在最有力量地生长着。

完美主义其实是最大的陷阱,它的标准、价值都是从古老的模式里提炼出来的,新一代无所倚靠,要想突破必得经过一番历练。

青年要认识自我,不能坐在房子里,坐井观天,往往需要在不完美的探索中认识自我,有痛苦,有欢乐,于痛苦中发现自己活着,于欢乐中发现自己还很平庸,在这个过程中,才逐渐知道自己热爱什么样的生活,跟什么样的世界联系在一起。这就是所谓青春的激情。

像毕加索、莫奈这些人在绘画上进行的新的尝试，打破传统老套的规制，富有激情地野蛮生长，他们"离经叛道"的方式一开始都很不被世人接受。人只有受到阻力时，才能触动自己，反思自己的生命是否真实。一个人一旦通过这种野性的方式触动自己，心里便会一片透亮，感觉特别有价值感、幸福感，而人一旦体会到这种感觉，就不肯放弃了。这种愉悦一定是在路上探索才能体会的。

人这种社会动物，如何坚定自己

现在很多人普遍有一种外貌焦虑，女性更为突出。

从进化论角度来说，人是以自然人为基础的，我们潜意识里，有自然的本能。动物大部分的生存法则是雌性把雄性赶出去。我们的社会规则是把女性"赶出去"，所以女性的漂泊感、不安全感、无依无靠感特别强烈。而美丽、好看对男性有很大的吸引力，女性让男性审美愉快，可以获得经济、身份上的安全感。这点全球都有一致性。美是各种各样的，但人对美的感觉，有一种天然的反应。有的人长得很协调、均衡，就会有一种天然优势。

在社会文化里，存在一种慕强心理，即心理学中的强者认同。女性的慕强心理更为明显，慕强心理的表现是不把自己当强者。在传统社会，女性都是被纳入男性的生活安排，没有自己独立的文化系统和价值。今天很多女性的自我价值根基、内在的自我确认还是一个大问题。

女性跟男性这个群体总体而言有两种关系：一种是把自己交出去，换得保护和安全；还有一种是独立，不做交易，此时所有的人生风险由自己承担。传统社会中大多数女性是选择做交易，换取在男性呵护、保护下的安全性。

一个人就像一棵树，只有自己根基坚实，才有面对风雨的能力；如果自己不是自然生长并具有饱满生命力的话，就会特别脆弱。

这个问题的关键，不在于哪一种选择，而在于内在的成长，人要在这个世界上找到自己生命的起点。在社会化的生活流程里，25岁的女性正处于成长黄金期，这个时候职场压力、婚姻压力两座大山一起压下来，自然不堪重负，而男性相对而言只有职场压力，或者说婚育压力没有女性那样紧迫。所以女生或被动或主动忙着赶着到处相亲，男生则到处去开阔视野，学习新东西，就在这个阶段，差距一下子拉开了。差距一旦被拉开，落后者就容易没自信，就内在而言更容易缺失对自己的价值确认。

很多女性有很好的价值观、世界观、人生观，但问题是社会剥夺了她的价值点,价值点要落在自己创造性的、专业化的劳动里才能凸显,而社会歌颂的美好女性都是贤妻良母,相夫教子,都是付出型。女性付出以后,自己的生活质量如何,话语权都在别人手里了,命运不受自己掌控。这是我们今天时代转型要面临的重大考验。

现代社会,男性的压力也很多。一方面他们事业发展压力很大,不甘心只给人打工,只拿份薪水;另一方面他们还希望实现自己的价值,有自己内心的热爱。如果他们对好生活的物质追求与内心的精神向往能结合在一起,那就太好了,但现实情况是很难。

作为男性,传统价值观赋予的责任是养家糊口、工作、买房等,方方面面。世界发展越来越多元化,男性本来就有猎人的本性,他们想去闯、去拼,丰富自己的生活,但实际上又被拴在必须苦拼的工作里,自然觉得自己是个"打工人""社畜"。

对年轻人来说,最大的问题是,心之所愿和身之所往,两者不匹配。比如,很多人都向往游历的生活状态,但又无法出门。今天交通如此发达,去远方是很容易的事,但是有自由之心却没有自由时间,这是让人最难受的。若时间不自由,则追寻无意义。

任何一个时代,成家都需要物质条件,比如20世纪六七十年代,要"三转一响",即缝纫机、钟表、自行车、收音机,再加上家具。但是今天的要求不一样了。以上海为例,上海现在有2400多万常住人口,约有1000万人租房子住,租住也是一种生活方式。但大部分人还是很受传统思想的影响,认为成家要有房。据调查显示,我们国家的年轻人在全球拥有第一套房子的人中为年龄最低的,约33岁,远低于世界其他国家首次购房者的年龄。英国大学生毕业后都是租房子,通过工作将财富积累到一定时候,再贷款买房,先买小一点儿的房子,过两年收入提高了,再换大一点儿的房子。

中国出现这种情况,就产生一个问题,全家老小替他买房,不然以自己刚毕业的经济能力绝对难以负担一套房子的价格。而中国男性被包在三代人的财富供给里,从心理上就想要对得起他们,也因此承担了很多责任,有了很大的压力。

有一次我在济南坐出租车,司机说他载过一个年轻人。这个男生上学时成绩特别好,考上了清华大学,又考上中科院的博士,家里在济南有3套房,加起来有几百平方米。后来他咬牙去北京发展,把济南的房子全卖掉,在北京买了一套七八十平方米的小房子,后来父母过去帮忙带孩子,一家人挤在那个小房子里,生活空间很逼仄,也真真切切地感受到了居大不易。

想要建立自己的独家小院,这种社会生活构想是农业化的。这时候对上面提到的男生来说，关键是看他对未来的希望。如果他一辈子都是在应付生活，被生活追着压着，所有资源投到房子里，没有其他生活空间，人生就会出现难题。

今天的价值体系正在转型，人会寻求物质、精神的两面实现，而时代给予的条件不能完全达到，男生就处在被两面夹攻的状态。他们一方面想传宗接代，期待有一套自己的房子，立自己的门户；另一方面，他们又感觉被房子这类物质需求压得喘不过气，心里还有另外一种期待，希望生活更加自由。

如果再过四五十年，社会情况会好得多。因为房子基本买得差不多了，中产化的观念也不一样了。近十年来我们的生活水平得到了大幅度提高，但我们的文化消费，如看书、看电影、国际旅行还是很少，主要还是被基础的需求层次，尤其是被房产吞噬了。

如何衡量自我价值？其实很简单：每天都反思一下自己，看看在知识上有没有增加？文化视野的宽度有没有扩大？情感的含量有没有更加丰富？行动性有没有增强？

年轻人拥有未来。

谈工作

人要先把一个事情做透，做到专业领域里最好的状态，然后这时候才能说你到底爱不爱它，才能说你到底真正适合去做什么。

一份工作到底适不适合自己，要经过非常艰苦的跋涉，而这个过程你不能抱怨，这个探索也是自我生命的一部分，如果尽心努力到最后还是不喜欢，那时你才能真正说"我的生命不属于这个地方"。但你在这个过程中积累下来的意志品质，那就是获得，然后你可以重新探索、重新出发。

工作很苦，不喜欢，怎么办

曾经有年轻朋友问我，一份自己喜欢但钱不多的工作和一份自己不喜欢但钱多的工作，怎么选？

这确实是一个难题。

但我要说的是，年轻人以为自己对某份工作很喜欢，这个喜欢实际带有虚幻性，它受成长过程中的所看、所感影响。我们需要思考的是，这份工作是不是你本性里真正喜欢且愿意投入的事情呢？

年轻人要将自己的喜欢变成真实的行动，那就是去工作。对一种事物到底喜不喜欢，我们不能仅在表面判断，还必须经历对它专业化的渗透，投入专业分工的劳动深度里去。一种事物穷极到深处就会有自由，就会升华到艺术层面的享受。达·芬奇画鸡蛋的故事广为流传，据说他曾在不同光线、不同角度下画，画了很多年。这个基础阶段是很苦的，但苦过那个阶段，你觉不觉得快乐呢？你会不会由此喜欢上观察人，喜欢上观察这个世界？如果那个时候不喜欢，就说明自己当初声称的喜欢并不是由衷地喜欢。

现代社会都是高度分工的，一个人到底爱不爱自己的工作，在正规的生产劳动里能不能获得自由，获得一种生活的艺术性，这需要一个非常艰巨的探索过程。你自己的特性天赋，对世界的感知，它能不能统一到你的工作里来，能不能让你在工作里获得一种真正的愉悦，首先是需要你将工作做到一定的深度后，才会认识到工作魅力的。

一份工作到底适不适合自己，要经过非常艰苦的跋涉，而这个过程你不能抱怨，这个探索也是自我生命的一部分，如果尽心努力到最后还是不喜欢，那时你才能真正说"我的生命不属于这个地方"。但你在这个过程中积累下来的意志品质，那就是获得，然后你可以重新探索、重新出发。

伦纳德·伯恩斯坦是享誉世界的指挥家。晚年他总结自己一辈子过得不幸福，因为他从小的梦想是作曲，结果做了一辈子指挥家。这一辈子都不是做自己最喜欢的事情，但他成了一名很伟大的指挥家，这说明什么呢？有可能他对自己喜欢的定义判断失误，我们很难相信做指挥家这件事他一直不喜欢，但一直做了一辈子，而且取得了那么大的成就。

政治家丘吉尔，在二战中领导英国人民奋勇抗战，历尽艰辛。二战结束，他在大选中落选。国家仗打完了，却不需要他了，他很落寞，感觉价值感没有了。他觉得英国人民真是忘恩负义，心中一团怒火。他被迫离开伦敦海军部，搬去乡下。一个周末，他撞见了弟妹谷尼在画水彩画。谷尼劝说丘吉尔试着画一画，结果从未接触过绘画的丘吉尔一下子就被绘画迷住了，后来这个爱好陪伴了他一生，让他多多少少接受了自己已经暗淡的政治前途。

人生就是这样一个持续寻找、持续探索的过程。年轻人在追寻的过程中，必然要付出很多，苦不是要回避的东西。有的人觉得这份工作很苦，所以不喜欢，这样就错了，没有任何工作是不经过一番辛苦就能易取易得的。不经一番寒彻骨，怎得梅花扑鼻香？人要先把一个事情做透，做到专业领域里最好的状态，然后这时候才能说你到底爱不爱它，才能说你到底真正适合去做什么。不能因为一开始艰苦就退避。生活从不轻松，苦的过程是每个人都不可回避的。

佛教里面四圣谛中的一个就是苦谛，苦谛形容人必须经历的各种苦。每一代人有每一代人的苦。我们不要以为自己的苦是额外的，苦的意义在于价值，关键是要找到价值所在，而不单纯是苦不苦的问题。我们所追求的幸福感是生命有投入才会获得的，这种投入就是价值感。

再进一步讲，是否喜欢一份工作，你要明白一个关键问题：做这件事情，这辈子会跟什么样的人在一起。工作不仅仅是一份工作那么简单，生命须臾，跟什么样的人一起度过这些岁月，这是最有价值的。

唐僧师徒四人去取经，一路上打打闹闹，有分歧也有团结，最后八十一难过去了，彼此才知道大家共同经历了这么好的岁月。这种一起奋斗的情感最珍贵。

还有文学史上的菲茨杰拉德和海明威，文学把两个人联系到一起，二人互相慨叹，互相心疼。海明威百思不得其解菲茨杰拉德怎么娶了那样一个老婆，太影响菲茨杰拉德的文学创作了。后来海明威写《乞力马扎罗的雪》，书中写到作家在非洲肯尼亚的最后时光：他腿上生毒疮生命垂危，弥留之际回想自己一生，好像荒废无用，本来是个好作家，结果却和妻子成为怨偶。这个情节描写，海明威就是在写菲茨杰拉德，甚至书稿最初就是用的菲茨杰拉德的真名，只不过后来菲茨杰拉德的家人、后裔极力反对，才改成另一个名字。海明威能这样写，恰恰说明他们二人不是"塑料"情谊。因为有更深的友谊，他才会抱着这样一个心情，以这样的笔触写一个作家。

做任何工作，你历经千难万苦，最后让你不放弃的，实际上还是人，当然这工作首先是你自己喜欢的。和对的人一起做对的事，这可以作为一个衡量标准。但现在很多年轻人选工作，首选工资高，其实方向都走错了。

"摸鱼"可耻?怎样做一个理直气壮的打工人

年轻人所说的"摸鱼""社畜""打工人",其实是一种自我表达方式。我们没有产生像美国20世纪60年代的嬉皮士运动那样一种大的社会运动供年轻人表达,但是他们的社会情感又需要释放,所以通过这种方式来自我重生。在原来的价值体系里,年轻人对自己的工作、生活都不满意,只有通过这种方式来表达自己与它们的距离,并通过自我调侃的方式,表达改变目前的生活方式、生活细节、工作方式等的急切欲望。

这一代年轻人所处的社会,转型刚缓慢起步。起步阶段,一个人在社会大环境里,应该有怎样的站位,有什么样的价值?现在年轻人表达、关注的,不是衣食住行等表层的物质问题,他们不再满足于简单的生存,而是对自己到底是一个什么样的人、在这个世界上应该干什么的深度思考。当投石问路无果,他们就用这种方式获得一个自我反思的途径。

这些话语不是新词,而是一种无可奈何的表达,是他们对自己的文化属性、劳动属性发出的疑问。"佛系""摸鱼""打工人"这些热词看似反映出他们对工作不积极,但其实他们的人生态度并不消极。

这些热词的传播还隐含了代际的问题,上一代人对当代青年人失去了示范性，日本也曾有过这样的历史境遇。20世纪六七十年代的日本年轻人是奋斗的一代，他们工作特别勤恳，后来到了20世纪90年代，这批人升到中层，也习惯于晚上九十点不离开单位，但底下的年轻人难办了，领导不走，大家也不好走。代际之间的节奏很不一样，上一代人的示范下一代人根本不想接受，但又碍于面子不得不跟着，自然要"摸鱼"。

回到中国来讲，上一代人勤奋，他们勤奋的价值是确定的。当时公有制占主体，一切劳动都为了国家，具体目标也很清楚。现在这一代年轻人却不以这个为主要考量了，他们陷入了价值断裂，前人的模式不可遵循，这一代年轻人要自己去摸索，但哪有那么简单。

日本有个广告，一个霸道总裁掌握着偌大一个公司，大家对他毕恭毕敬，他在公司威风八面的时候，忽然看见一个小姑娘走进来，顿时吃惊，表现出对她很畏惧的样子，毕恭毕敬地帮她拿包。办公楼里的员工看到这一幕都惊呆了，觉得简直是魔幻景象。原来霸道总裁在游戏房里打游戏，遇到这个小姑娘，在游戏里小姑娘把他打得落花流水。你看，换了个文化环境，人的身份一下子倒置了。

场景置换也是时代置换，所以要相信年轻人，如果不摸鱼就坏事了，说明他固化了。他有这个状态，说明他还在思考，在摸鱼中探索，还算是清醒的人、有真生命的人。

19世纪工业运动之后，人们好不容易才争取到8小时工作制。年轻人在8小时之外，他的生命应该去欣赏艺术、谈恋爱，如果这些时间被侵占了，等于让他丧失了生命旅程真正的完整性，这是很残酷的事情，于道义上也是很不应该的。

但这也不是资本本身的选择。19世纪的时候，世界还有大量的空白之地，资本家还可以去建立殖民地，因为有很多抢来的钱，所以不用过于剥削本国人民，"客观"上改善了本国无产阶级工人的生活。比如英国，1830—1880年，英国工人的生活水平大幅提高，这是因为资本家们在印度、非洲取得一些超额利润，这时候可以实现8小时工作制，取得国内阶级之间的平衡。

今天的时代大不一样了，基于领土的全球扩张已经完成，国家之间文明冲突不断，归根到底是利益冲突、资源冲突。作为一个后起国家，中国要强起来，富起来，特别需要力量，这个时候依赖什么人至关重要。

为什么20世纪80年代我们要鼓励一部分人先富起来，因为鼓励的是能人，改革开放是让能人释放出力量，并不是释放弱者的力量。以前我们是压抑了强者的力量，但实际上这个力量很宝贵，我们国家现在还处在需要很多能人的力量得到释放的阶段，需要这个动力。越是过小日子的人，越没有很强的奋斗精神。社会进步的推动力还是在那些不甘心的人、创业者，有创新精神的大公司上。他们都有很强的主动精神、创业精神、奋斗精神，正好符合国家与时代发展的要求。

实际就产生了一个问题，60后、70后的奋斗观念，跟后面起来的95后、00后这一代人，差距非常大。

我曾问过一些公司老板，你那里年轻人要不要加班，老板回答得很干脆：年轻人不加班是要自取灭亡。对老板这一代人而言，他们绝对是天然要奋斗，但是他们不知道现在年轻人的生活理念、生命态度在变化，工作之外还有更高的价值。人有完整性、全面性的要求，人一定要有自己的自由时间。衡量人的解放，最最重要的指标就是人的自由时间。年轻人的自由时间没了，艺术心情、空间渴望、情感权利也全没了，创造性匮乏，老板们这么做无异于杀鸡取卵。

我们国家需要活力满满的人，需要有创造力的人，但这些年轻人已经被机器压榨得迷茫了，将来也没什么真正的活力。而调侃自己是"社畜""摸鱼"的人，最后有可能发展成"局外人"，所以，有些事情我们要从长远看。

国家现阶段的发展成果是靠上一代人的人口红利，集中起来拼命干出来的，而现在这一代人弄不好也要牺牲自己的生活质量，国家与自我，到底怎么选择？上一代人，他们的原创力其实还不够，一个真正好的企业家、好的企业文化，是可以宣扬不加班的，关键要挖掘出企业的活力，如流程的合理化、高效的管理制度、优秀的激励机制等方方面面。企业要有这个眼光,使人在整个群体里获得尊严感,获得一种价值感,人才会产生一种创造力量,才会优化、提升生产力。

生产力的根本说到底还是人的创造力、想象力。

面对想象的时候,我们从现有的技术和各种可能性里获得一个新的、富有创新精神、富有科技性、富有知识支撑的可行性方案,关于公司微观经济,跟社会广义联系有很多可以兑现的东西,比如人的内部调动、优化,等等。

优秀的企业家,要下这个功夫,而不是简单把人困在工位上加班,那只是简单劳动的方式。

作为年轻人,大家要意识到,自己不是悄悄地、静态地被动等待,你跟老板也是命运共同体。上一代的老板,他们有自己时代的局限,而新的一代,聚集了很多新的文化财富、社会知识,等等。你觉得目前自己的生命状态不好,要摸鱼,但也要有基本的转变思想的能力。年轻人不要总是感性地说这不好那不好,而是要理性地好好想一想,什么叫"好",因为"不好"是在"好"中比较出来的。你说加班不合理,但怎样可以不加班,有什么样的潜力可挖,有什么更好的处理方式,哪些地方可以贯彻科技知识,哪些地方可以改变,你要动脑筋找到更好的解决问题、难题的方法。

如果年轻人有这样的状态,老板也会很高兴,你也在改变老板,于是双方都获得了成长,生命的宽度也就此展开。这是一个好态度。爱思考好在哪里，怎么才能做到好，年轻人一定要培养自己的思想与远见。

年轻人最不好、最不能要的就是只抱怨但提不出建设性、成长性的方案。抱怨和批评只能让彼此负重前行，无益于彼此。真正的破局还是要靠建设性建议，并且不是一个人的建设性建议，而是老板和年轻人一起来破局。有些企业就提倡不加班文化，但业绩也很不错。

人类的活动主要是生活，欧洲的观念是，工作五天是为了周末两天的生活，把生活放在第一位。以人为本的生活，是符合人的生命本质的。农业社会里人整天没日没夜操劳，缺乏这种享受生活的观念，全靠简单劳动。有历史以来，中国人都是在很艰苦的条件下谋生，人口压力也大，觉得苦干是必需的，是美德，而缺少一定的风趣、智慧。

全世界的不同国家、不同民族的活法是非常不一样的。西班牙人觉得晒太阳是最高兴的事情；国外很多商业场所五点关门，如果五点一分的时候来了一个大买卖，人家也不理你，因为他们觉得休息是第一位的；在俄罗斯的大城市莫斯科、圣彼得堡，苏联时代国家给每家在郊区用木头盖了乡间别墅，一到周末，城里不见人，大家统统跑去乡下享受阳光。

一个群体聚集起来，不管是文化生产还是经济生产，它是不同活法的人聚在一起,但如果把人限制在某一种活法中,那整个民族的细胞不会活跃起来,整个空间压抑久了就会出现各种问题。

20世纪80年代的日本,是一流的经济、四流的生活。当时日本GDP排名世界第二,但日本人觉得自己过度劳累,整天加班,人不像人。现在我们年轻人的状态跟那时候的日本人有点像,国家经济在发展,但自己的生活处于四流阶段,所以他们会感叹"太难了""上司太差了""996来了",这会是一段特别艰难的时期。这也是当代年轻人特别需要解压的原因之一,他们崩溃、释放,在崩溃和释放的过程中成长、适应,这段路太陡峭了。

其实,年轻人的这种艰难是和国家同步的。年轻人恰好处在这样的历史阶段——我国正在向中等发达国家迈进,向高收入国家冲刺。这就像是爬山,越接近顶端,难度越大。我在爬泰山的时候,到了南天门,接近山顶的那段路是最陡峭的。在国家竞争方面,为什么中国人的生活状态现在这么紧张?曾经我们的国际关系是很和谐的,做衣服,做玩具,做各种流水线上的价格低廉且国外需要的初级产品,用亿万件这种产品换一架飞机。现在我国出口产品规模排世界第一,以机电产品为主,开始与欧洲的终端产品竞争国际市场空间。比如,在造船方面,我们曾经造不了高压液化气船,这是日本的市场,现在我们已经订单满满了,所以我们和日本的关系紧张不是没有道理的。而在没有对他国造成威胁的领域就不会紧张,比如数码相机,这一方面我们没有过于发力,所以日本就一点儿都不紧张。再比如汽车产业,虽然我国是世界第一大汽车生产国,但是上海大众汽车每生产一辆汽车就要交给德国一笔品牌使用费或技术转让费,我们没有整辆车的知识产权。但在其他很多领域,我们正在进行弯道超车,和其他国家旗鼓相当,互相没有优势可言,竞争关系便紧张起来了。

国际竞争一紧张,其他国家可能会设法打压,中国内部的形势也会绷紧。现在全民族正是用尽全力爬陡坡的时候,"内卷""996",这就是年轻人的处境——正好卡在这样的国家发展节点上。

这一代年轻人处在生活、艺术多元化发展的时代,本来应该有正常的工作节奏,用晚上和周末的时间去丰富自我,但是面临着国家产业紧张的现实,不得不迎难而上,他们内心的焦虑、压力是巨大的。在这种背景下,男青年、女青年也互相对彼此失望,因为对方不仅不能给自己提供纾解,反而会拉低自己的生活质量。

这是一个特殊的年代,孕育着特殊的群体。在这个阶段之后,一个伟大时代就会来临。现在,很多问题堆积起来,迫使年轻人去解决,在解决时运用创新思维。社会的问题靠加班是解决不了的,一定要找出一些新的组织形式、生产方式、科技手段等，使生产力进入发展的新阶段。我们一定要了解自己正处于怎样的历史处境中，由此来认识和理解自己做出的每一个选择。

我劳动，我幸福

作为一个年轻人，你要意识到这是一个前方有很多空白的时代，是一个归零时代，它不像以前我们通过行万里路即可获得认知。在这个时代中，前路的各种生活都是未知的，因为现在整个社会的组织形态、个体形态都在不断更新，科技、通信、交通方式不断在变；我们获取资讯、观察世界的方式不断在变。世上存在各种未知、各种不确定，唯一确定的就是不确定。但不确定中存在未知和美，即不确定之美。

这时候，我对年轻人有两个建议。

第一，要对世界保持好奇心。我们以前的经验是通过代际间的传承获取的，是农业社会总结下来的，对前路有很高的预见性，现在这个转型时代我们无法做出预判，所以这时候要像儿童一样保持一颗对世界的好奇心，瞪大眼睛，全神贯注地去体察一些东西。现在的年轻人在进入社会之前就是专心读书，靠脑子里的知识增长也就是靠脑生长去竞争，但是对心、对内在的热爱这些社会感情的培养就比较单薄。所以，年轻人将来走入社会，其发展阻力主要来自对心的培育不够，而不是脑子不够。

第二，要走出舒适区，在新的领域里寻找人生的可能性。一个人在这个世界上，不能困在有限的空间里，他的情感一定要放大，要走出现有的小世界去寻找新的可能。我们给生命建立一个新的尺度，首先要培养自己对自然的感情。万物有灵，万物有情，你要体会到万物各自的存在，感受它们开花、结果、站立、奔跑的生命过程。人只有具有普泛的感情，才能不断地获得心灵世界的打开宽度。今天我们很多人的自然感情丧失了，一路走来，大家都特别有功利性，人也就不自然。而活得不自然的人对这个世界的感情肯定是扭曲的。其次是爱人类。总的来说，相较以前，人类已经有了多样性的发展。我们不能因为某些人跟自己的价值观不相契，就否定掉全世界那么多丰富多样的人的存在。我们毕生的追求应该是要在差异性里获得对世界的丰富认知。再次，要给这个世界创造、增添一点儿新东西。热爱这个世界的多样性之后，你会发现人生的使命不是被动地接受，而是再添加，跟世界互相扩大延展。这是一个拼图时代，没有谁比谁高，自己认真生活，把体会到的事实分享给大家，同时也不要求所有人、事、物都符合自己的期待，这时候每个人才开始真正活得有尊严、有价值。一个人的价值是在差异性里体现自己的创造性,这是年轻人需要去理解的部分。

我曾去云南高黎贡山插队,那里一边是大山,山顶常年被积雪覆盖,一边是怒江。高黎贡山被誉为"世界物种基因库",生态环境多样,少数民族众多,文化多样,人的生活状态自然也各不相同。我到了那儿,立刻就感受到了大自然的雄伟。人类再伟大也造不出大山大江来,所以人要敬畏自然,要抱着赤子之心去生活,而不是去搞一些虚荣、浮华、虚假的东西,那些东西是虚幻的,跟世界真正的本质不相合。这个感受对我的意义很大。

劳动对我的影响也很大。在高黎贡山,我第一次体会到挖地、种菜的真实意义。我第一次品尝到自己亲手种出的番茄的味道印象深刻,那个味道特别香甜,比我吃过的所有东西都要香甜。很多人一生都没有品尝过这种滋味,那时候我才体悟出来,人的生命有两种,一种是快乐,一种是幸福,而幸福必然是投入劳动才能获得的。后来我做很多事情,都时刻分析当下的感受是快乐,还是幸福。我爬过几次黄山,之前都是坐缆车上去,很轻松,这种感觉是快乐的。但自从我真正从山体正面攀爬,爬了两天爬上黄山,站在山顶上回望云雾时,我感觉到人的价值、人的力量。而幸福就在这里,幸福是人的力量、坚持和追求。

所以,到了城市,我不喜欢投机取巧的人。市场是变化不定的,很多人挖空心思不想付出,坐享其成。在劳动里,我培养出了一个观念：生活一定要跟劳动并存，只有能问心无愧地说"现在的生活就是我劳动所得"，才会感到踏实。

众所周知，人类社会不是完全按照劳动分配存在的，联合国2021年数据显示，全世界残疾人约占世界总人口的14.3%，所以人类劳动还需要让出一部分去扶助那些人。这是我们生命的基本逻辑，但有的人尽量想自己多赚，活得很无情。从劳动里可以引申出非常多的价值观，这点对我的影响也特别大。这个世界有那么多的问题，归根到底是劳动的价值没有得到尊重。一切工作都是以劳动者获得自己的价值和尊严为前提，最基本的正义是让全天下的劳动者获得公正，获得自己应该过的生活。

陶渊明归隐的核心是"种豆南山下，草盛豆苗稀"，而非"采菊东篱下，悠然见南山"，那只是知识分子特有的一种情怀。人生最重要的是回归土地，回归耕耘。

有时候你帮助过一个人，他当时并不觉得感动，但是多年以后他懂得了，便会感恩。这就是你的劳动"成果"。劳动包含了一些很深的含义，比如你对他人的付出，对生活的耕耘。只有劳动，你才会有收获，有收获才能传递能量给别人。越不是靠劳动得来的，越舍不得给别人，这是一个最基本的问题。

关于斜杠青年

人的潜能是无穷的。

我们可以回想欧洲中世纪的情况,那时大家都是农民,日出而作日落而息,做着统一的事情,比拼的是勤奋。后来工业革命分化出许多产业,产生了工程师、煤矿师、纺织师等职业。我们这个时代也在发展,如今正处于工业智能化时代,50年之后必将出现焕然一新的、效率数倍于当下的新分工。比如,在汽车行业,全球大汽车厂商基本不再研发纯汽油车,取而代之的是纯电或混电汽车,并向着智能化方向发展。在不远的将来,或许开车会成为违法行为,因为那时无人驾驶是最安全的,大数据和网络会让汽车自主探测和控制距离、速度,选择最佳路线,遵守各种规则,该停就停,该走就走,不会犯错。

将来会有大量的新产业诞生,传统行业的人力得到解放。那么,人解放后做什么呢?社会可能会产生微娱乐,而各种新行业、新创意都需要人的参与。

在如今信息全球化的环境下,一个人可能归属于不同的朋友圈、文化圈,叠合多种身份,再加上他本身具有大量潜能,所以会成为"斜杠青年"。谁能说每个人应该一步到位确定自己该做的事？最适合的、最能发挥一个人创造性的事情，应该是他的天赋在不断尝试新事物的过程中被发掘、深化，最终，他在一系列的事情中找到了自己的主业，也就是以"斜杠"的方式摸索到了自己想做的事。

所以，我认为"斜杠"实际上是一种探索方式。如今的年轻人，既要维生，又要保持生命的探索性，"斜杠"使之成为可能。历史上很多人都是这样，布列松[1]最初和摄影毫无关联，他在当兵时被连长大骂"懦弱""将来注定一事无成"，直到退伍后一位有钱的亲戚送了他一架相机，他才开始拍下那些经典画面，成为杰出的摄影师，找到了自己的位置。很多人一辈子都没有移动到自己最恰当的位置上，因为缺乏面向这个广阔世界的接触和尝试。

但是我们也要防止另一种情况的出现——现在的世界太多元、太丰富，有的人一辈子在各种可能性之间奔跑，最后一事无成。索尔·贝娄所写的《奥吉·马奇历险记》就讲述了这样的情况。主人公奥吉·马奇是一个很帅的流浪少年，每个人都喜欢他，希望把他带入自己的家庭或行业里，将他培养成才，但是奥吉·马奇不愿意接受别人的规训，所以，每当他刚刚开始适应一个地方、喜欢这种生活的时候，他就

---

1 亨利·卡蒂埃-布列松，法国人，世界著名的人文摄影家，决定性瞬间理论的创立者与实践者，被誉为"现代新闻摄影之父"。

会逃跑,因为他担心自己融入这种生活。小说结尾处,奥吉·马奇40多岁,他的过往始终在拒绝中度过,什么也没有找到,他陷入了"世界没有价值"的虚空中,最终靠贩卖军火赚钱。

一个人在尝试的过程中一定要有百分之百的真诚、百分之百的韧性,而不能浅尝辄止。因为在没有深入一定程度的时候,我们无法得知自己和一件事情的联系。克拉玛依油田被发现之后,我们到处勘测石油、天然气,但是很多年没有大的突破。为什么会这样呢?因为一开始我们只探测到地下4000多米的深度,理论上我们认为再往深处不会有了。后来我们改变了观念,根据海相沉积理论,再往下探测到地下6000多米的深度时,发现了很猛烈的气源和油田。这说明我们之前扎得不够深。

所以,我们要学会探索。很多人认为自己探索、尝试后仍一无所获,其实是对一件事物还不够熟悉、深入,缺乏磨炼,这个磨炼就像是水滴石穿的过程。我曾在哥伦比亚大学看摄影系的学生拍摄一块石头,他们天不亮就过去等候,等待第一缕微光下石头的色彩和光影,等待太阳一点点升起来,再直到太阳落山,这期间光的变化是非常细腻的,他们就耐心地拍摄捕捉。所以,我们只有"做穿"一件事情,不断积累,达到一定阶段、克服一定难度后,才能明白自己到底爱不爱它。

今天的年轻人在整个青春阶段一定要有这种百分之百的努

力，不断探索自己和其他事物的关系。哪怕最终发现追求的这件事情并不是自己喜欢的，努力的过程也绝不会白费，那些在探索之路上形成的坚韧的品格、对事物的认识方法，以及精神力、专注力都会保留下来，当我们进行第二次探索时，就会拥有更大的力量。

我有一个朋友，他掌握了33门外语，其中有十几门可以达到工作语言的程度，其余的也可以熟练运用于阅读中。他在学习前五六门语言的时候表示很困难，但是困难时摸索到的方法，给他后面的学习打下了非常好的基础，触类旁通，后面的语言学习起来便非常快了。

曾经的农业社会留下一个问题——社会培养出来的基本都是"业余选手"，既能种地，又能喂牛、养猪，还能盖房子，但是都不能达到精细的程度。而现在的社会越来越复杂，技术标准越来越专业，我们要探索的东西包含着深刻的专业知识，需要我们下百分之百的力气。比如，在建筑方面，建筑语言庞大、流派众多，在上海，不仅有地中海建筑、文艺复兴建筑、哥特式建筑、巴洛克式建筑，等等，还有这些风格的变体，我们需要下很大的功夫去认识这些建筑，明白每一种风格背后的历史源流与现实需求，将自己渗透进各种建筑文化中，最终才有资格判断自己是否喜欢建筑这件事情。

"斜杠青年",也不可能"斜"很多,一个人身上"斜"五六十种事情,那就麻烦了。作家王蒙曾在一篇文章中坦言自己一辈子最大的教训就是兴趣太多,没有在一个地方深耕。

你看,即使是这样优秀的人,也会认为如果再专注一些,或许能够取得更大的成绩。

谈人格

今天,我们过得独立而别样,没有一点儿原罪,现在的社会讲求差异化,不再是以前统一化的社会,没有任何外来的标准可以规定自己,把自己说成是一个好人。今天我们很难定义什么是好,什么是坏,这是一个需要新的起步、新的思考的时代。跳出原来固定的框架,然后去选择你生活的方向,一切交给时间来回答,或许这样我们才能在今天这个时代活出质量。

乌合之众的社会规则

　　意大利作家卡尔维诺对现代生存状况有一种非常夸张的、寓言式的又富于反讽性的描写。他有一篇微型小说《黑羊》，就是这种风格的体现。在《圣经》里，羊都是一群白色的羊羔，象征着单纯、向善，但卡尔维诺写了一个黑羊的故事。一个老实人来到小城，发现城里每家每户都是贼，大家吃过晚饭后都出去偷东西，家里不留人。大家偷了一圈，各自有收获。老实人是个好人，他不愿意去偷，就待在家里。这让上家邻居偷不了了，只能空手而归，可是他家慢慢被偷光了，越来越穷；而老实人的下家邻居每天偷得满载而归，越来越富。这样城里本来好好的秩序就乱了。后来老实人没办法，每到繁忙的偷盗时间，他就来到桥上，看看流水、看看书、听听音乐。小城里有人觉得这也不错，开始模仿他，享受艺术，但如果不偷自己家里会变穷，于是开始雇人偷。后来社会贫富差距越来越大，产生很多矛盾，富人决定建立法庭、警察局等机构，社会组织架构就这样形成了。但小城里的人觉得老实人是坏人,是人民的公敌,把城市败坏得乱七八糟。后来问题终于得到解决——这个老实人因为被偷得太穷,饿死了。卡尔维诺看到,在社会里,老实人是好人,但还是被大家认定为坏人。

现代社会,要照顾到人性的各种欲望。它不像古代社会单纯化、圣贤化、见贤思齐。文艺复兴以来的社会,承认人性是恶的,承认人的各种欲望。《黑羊》写出的就是这样一种困境。

在马尔克斯的《一桩事先张扬的谋杀案》这部小说里,安赫拉结婚了,而且是嫁给一个外来者。外来者家庭很富有,父辈是高官。他来到这个小镇,对安赫拉一见倾心,而安赫拉是一个杀猪匠的女儿。新婚之夜,外来者发现一个问题:安赫拉不是处女。他当下把安赫拉遣送回家。按当地社会习俗,安赫拉回到家后就要坦白:情夫是谁?这家人有责任,有神圣的义务把情夫杀掉。安赫拉回家后舍不得说出她的情郎,于是故意说了另一个人——纳萨尔。纳萨尔是镇上最优秀、最高贵、最好的青年,大家都知道肯定不是他。安赫拉的两个哥哥也不想杀纳萨尔,但按传统一定要杀,于是到处跟人说三个星期后要去杀纳萨尔,希望有人能阻止。结果没想到大家兴奋得不得了,镇上终于出现刺激的事情,每个人都眼巴巴地等着看。终于到了那一天,两兄弟不得不出门了,提着刀,被迫去找纳萨尔,镇上的人都跟着去看热闹。纳萨尔一开始怎么也不相信这两兄弟真的会来杀他,直到临死的那一刻都不能相信,两兄弟真的把他杀了。

小说写得非常好,我们生活在夹缝里,身上既有这种复仇的野蛮传统,又接受了现代社会新的法律体系、新的伦理的教化。这两个杀人的人想让大家阻止自己,但是在现代社会里,人都处在一种摇摆中,个体聚集在一起就有看戏的心理。我们不能说人都变坏了,而是社会本身就有残酷的一面。

在不同的历史空间里,好人变坏人,会有一种你意想不到的变化。但也有坏人变好人的典型,比如著名的基督教圣徒奥古斯丁。生活在公元三四世纪的奥古斯丁,妈妈是虔诚的基督教徒,他小时候跟随妈妈信奉基督教,但随着他长大,19岁时他开始信奉摩尼教。摩尼教鼓动人的释放,他开始吃喝玩乐嫖赌,彻底放浪起来,变成一个特别沉沦、堕落的人,他妈妈急得天天在神像面前为他祈祷。奥古斯丁33岁的时候,有一天在花园里散步,忽然间,他好像听到了圣保罗的声音,这时他拿出《圣经》,原来朴素的话一个字一个字打入他的内心。从这一刻起,他如获新生。第二天,他开始在意大利游历,看别人怎么生活,看这个世界到底怎么回事。一年后,他回归基督教,开始潜心研究教义,写下了《忏悔录》,成为对中世纪基督教影响深远的神学家,成为最高级别的圣徒。

所以,一个善良的人和一个坏人,是可以变化的。

英国作家康拉德对人性的剖析特别犀利，其小说《吉姆爷》中的年轻主人公吉姆决心做世界上最好的人，后来他当船员，立志即便出现危险，也愿意舍弃生命去救落难的人。他第一次出海的时候，乘坐的船很大，分三层，越往上等级越高，他觉得底层的人生活得真是悲凉，下定决心要为他们做点事。没想到船开出去不久，起火了，火势蔓延，年轻人脑子里知道要英勇救助、灭火，但行动上却拿起救生圈跳海逃生了。后来船被救，法庭要审判这些弃船的船员。吉姆深深地自责，觉得自己是个罪人，内心深处埋藏了这么怯懦、苟且的想法，如果没有发生海难，他永远觉得自己是个英雄。吉姆认罪了，并决心赎罪。他来到一个海岛，岛上有很多土著，殖民者对土著进行各种压迫、驱赶，他投身到土著的队伍里，为他们谋利益，以此救赎自己。意外的是，有一群白人海盗来到岛上，无恶不作，土著们把海盗围堵起来。吉姆决定跟海盗谈判，因为双方一旦打起来，土著肯定要死伤很多人，吉姆代表土著人跟海盗约定放他们走，从此化干戈为玉帛。但是令吉姆想不到的是，海盗离开的时候突然杀死了土著族长的儿子。土著觉得吉姆欺骗了他们，于是集体处死了吉姆。

人在波浪滔滔的人世中，有时候真的难以判断自己做的究竟是好事还是坏事。后来康拉德写了一部特别重要的作品——《黑暗的心》。在这部书中，年轻人马洛来到非洲刚果河，在那里白人英雄库尔兹建立了一个贸易站，贸易站肩负两种功能：经济功能和殖民功能。贸易站被管理得井井有条，每年从里面运出很多珠宝，名声很大。马洛此行的目的是去替换库尔兹，因为库尔兹的身体不好。他怀着崇敬和膜拜的心情出发，一路上沿着刚果河往里走，越是深入，诡异的气氛越重，很多人谈起库尔兹都躲躲闪闪。最终他见到了库尔兹，此时马洛才知道库尔兹原来是那么善良、绅士的一个人，来到这里成为殖民者后，野性被调动起来，变成了一个使用恐怖手段治理殖民地、调运财富的野蛮人。库尔兹独自来到这个地方，才发觉自己内心深处那种地狱般的存在。他见到马洛之后，喃喃自语，一直说"terrible（恐怖），terrible"，马洛一开始没懂，后来才知道这个世界上最恐怖的地方就是人心深处。库尔兹离开的时候，土著的仇恨爆发，用箭射他的船，库尔兹在船里看到这幅场景，最后死在了路上。

一个好人该如何定义

人类从野蛮时代进化过来，内心深处残存的原始性是非常可怕的，所以一个好人到底该怎么定义？我们可以按照中国的传统理论王阳明心学来探讨。王阳明一开始遵从朱熹的理学思想，但后来他力求格物致知，几天几夜对着竹子，也没格出东西。再后来王阳明龙场悟道，他忽然知道在这个世界上，理不是在外面，理在内心。他认为人心深处最根本的东西是良知，要致良知。就像孟子讲的恻隐之心，看到几个小孩在井边玩，人为什么会紧张？因为人心向善，有良知。王阳明看到生活中有很多人不善，因为他们的良知被遮蔽了，被现实的很多欲望、利益遮蔽了。人为什么要去寻求理？就是要从内心深处去挖掘善。王阳明肯定了一点，这世上好人和坏人不是按照行动区分的，而是取决于内心的善恶，所以人生的任务是知行合一，致良知，挖掘出善念，然后去实践。没有实践就等于无。所以，"好"有实践性要求。在实践里，我们可以掌握一个好人和坏人的分界线。

现代社会的起点是文艺复兴，文艺复兴最大的要点，就是释放了人的欲望。欲望释放出来后，人性变得空前多样化，去除了原罪，人因此变得很复杂。今天我们只能在人文主义的基础上，只能在相对性里判断什么是好人、什么是坏人，换一个场景，对好坏的判断可能就颠倒了。

现代社会对人好与坏的判断标准很难界定。有的标准适合从国家角度考量，而不能从个人视角出发。例如俄国的彼得大帝看到国家的落后，硬把首都从莫斯科迁到圣彼得堡，带领俄国学习西欧走工业化之路。彼得大帝带着大臣们去欧洲考察，到了荷兰看荷兰人怎么造船，到了英国看英国人怎么造机器，到了法国看到法国人拔牙居然还有麻药、器具，他很感兴趣，专门学了好几天。据说他回俄国后上朝的第一件事，就是让所有大臣把嘴张开，为他们一颗颗地拔除坏牙。坏牙齿、麻药终究有限，但他越拔越上瘾，不用麻药，好牙也拔，大臣们上朝简直是受刑。很多反对他搞改革的大臣，都被他抓起来砍头，有时候刽子手一砍就是几百人。彼得大帝坐在椅子上看着大臣被砍，居然感觉很过瘾，自己竟亲自拿起斧头上阵。这么一个残暴、凶狠的人，在俄罗斯历史上被全民族公认为最伟大的君主，他带领俄国走向了现代，开始了俄国现代化的转型之路。对民族来说，彼得大帝是一个大好人，他的所作所为是巨大的善行。

凯鲁亚克写的《在路上》，里面那些人多么荒诞，男男女女混居，性开放，不负责，但为什么这本书是名著，成为宣扬青年文化的楷模？因为它瓦解了中产阶级在二战之后形成的铁板一块的守旧思想。它用一种反叛、一种特别强烈的冲力来使人对价值进行反思。这些人是毁灭的一代，他们通过自己的毁灭，来宣告一个铁炉社会是可以冲击的。这就是韦伯所讲的，近代社会从新教伦理开始，合理性地把整个世界效率化了。像流水线里无限细化的分工，一个人只需做一个简单的动作，不用再耗费精力去学习别的手艺，这样的效率最高，但这样实现标准化，导致的结果是每个人都成为单面人。农民还是全面的人，耕地、种菜、养猪、盖房，流水线工人只有一个简单的重复劳动。现代工业的发展，效率极大地提高，都是建立在对人力巨大压缩的基础上。这是历史的进步，整个社会的生产力大大提升了，但是具体到每个微观层面的人身上，又是特别地异化、卑屈。阿瑟·米勒的戏剧《推销员之死》反映的就是这样的现实。一个人做汽车推销工作，他感觉很自豪，因为他是全美国最优秀的汽车推销员。但到了晚年他才知道，自己完全是个工具，老了没有价值就被踢出去，成了弃子。

这是历史的巨大悖论，我们处在这样的悖论里，到底如何寻求有价值的人生？一个好人的职责在于去寻求自由之路、解放之路，而这在现阶段又是一个特别大的难解之题。

在现代社会，如果出现了像彼得大帝一样的人，以对民族巨大的善来推行恶，这样一种凶暴的风格，到底是善还是恶，到底是好人还是坏人？

我们都知道一种艺术形式——涂鸦。它从俄罗斯开始流行，最初是一种破坏性很强的事物。在巴黎和伦敦，人们晚上偷偷潜入地铁基地，涂满所有地铁车身，导致第二天出站的地铁列车上全是五颜六色、稀奇古怪的涂鸦。伦敦政府每年要花上亿英镑清刷地铁。但最后涂鸦变成一门艺术、一种个性表达，变成青年文化的标签，后来发展到很多美术馆要收藏青年人的涂鸦作品，但这些人坚决不同意，他们宁愿保持那种野性。

今天我们所谓的"坏"可能是一种非常珍贵的差异文化，

是一种亚文化、异文化，具有反叛性，所以有时候我们要能容纳那些不一样的东西，这是一个过程。

有一次我去同济大学看昆曲演出，进校门后，对面走来一个特别文秀的女大学生，衣服色系朴素，举止文雅，很有民国时代女学生的气质，让人不禁感慨，真是学子典范啊！然后在距离我不到三步路的地方，女学生突然掏出一根烟，点火吸起烟来。因为小时候我对抽烟女性形成的印象多是女特务之类，或是这样那样不好的类型，这个时候我就提醒自己"多元、多元、多元"，要抱着欣赏的态度看人。所以，你看，如果我们只用传统的好人观念来定义人，这在现代社会里是非常不宽容的。

好人，是一棵会思想的芦苇

在现代社会里，好人可以有两种定义。一种是自发的人，他们只活在自己的简单性里，不能理性地认识到自己所处的历史位置，不知道在更深广的逻辑里自己具有的价值，他们看起来好像一辈子激情澎湃，能做很多事情，但实际上是愚昧的。我们很难相信一个好人是建立在愚昧的基础上，有时候我们会忽略一点，以为朴素、单纯就是好人，但是历史上的惊心动魄往往就是这些人集合起来后做出来的事情。第二种是黑格尔特别强调我们要做的思维的人——一个有思考的人，能够深切地理解自己，知道自己在做什么的人。

黑格尔认为这个世界的本质规律是过程，一切都在变化。他的辩证法很有名，我们到底处在什么样的变化里，你真正的所作所为会衍生什么样的变化，这需要我们深切地理解，但这又是高难度的东西，明白并做到其实很难。所以黑格尔提出了一个新的观念——荒诞。人想努力地做出理性的选择，但归根到底是荒诞的，是做不到的，但人不去选择又不可能，因为人是自由的，人随时随地处在一个可选项里。第二次世界大战德国投降后，很多法国人开始报复之前嫁给德国人的女人，给她们剃头，涂上墨汁游街。萨特注意到了这个问题，那些人把自己撇清，以为自己是单纯的，归顺的都是坏人，但没想过自己当时应有的历史承担在哪里。萨特知道人太缺乏这样一种自我反思精神，因为当时人可以选择抵抗，可以选择战斗，也可以选择归顺，从来没有丧失任何一种可能性。萨特有一个定义：任何人都是自由的。所谓自由，是任何时候你都有多选项，所以自由对每个人来说都是沉重的压力，你无法辩解。

在英国小戏剧《一个善良的女人》里，有个人叫吉拉尔德，22岁，8年前他做了一件事——向一个叫菲菲的女人求婚。菲菲看着这个比自己小的男孩子向自己求婚，觉得他太可笑了，但又不忍心伤害他，于是她说，现在我们都太小，8年以后再来找我吧。小男孩说好，然后告辞。8年以后，菲菲这天要举行婚礼了，她的丈夫叫吉姆斯，比她大五六岁，正在准备婚礼的时候突然有人敲门，她开门一看是吉拉尔德，他如约而至。吉拉尔德想这一次菲菲可以答应他的求婚了，但菲菲一下子手足无措了。突然又有人敲门，是吉姆斯，菲菲赶紧把吉拉尔德藏在屏风后。吉姆斯一进门对着菲菲又亲又抱，吉拉尔德气得一下子蹦出来，指着吉姆斯呵斥：你干什么？！吉姆斯吓了一大跳，家里居然藏匿了一个男人，结果场面乱得一塌糊涂。菲菲的善良造成了这样一种局面，后来双方终于弄清楚了情况，正不知道该怎么办时，吉拉尔德突然笑了，说刚才我就是跟你们开了个玩笑，其实我知道你们今天要结婚，我是专门来祝贺你们的。这下子，似乎皆大欢喜了，吉姆斯还邀请吉拉尔德当伴郎，吉拉尔德也很高兴地答应了。但其实吉拉尔德心里很痛苦，他临时编了这个借口，看起来轻描淡写，实际上他受到了深深的伤害，在等待的8年里，他放弃了很多，又期盼了很多。

再比如在《挪威的森林》这部小说里，初美很爱永泽。永泽出身优越，很能干，但永泽一会儿跟这个女孩谈情，一会儿又跟那个女孩说爱。初美那么爱他，显得永泽好像非常渣，非常花。初美不断地包容他，对他好，但初美对他越好，永泽就越渣。所以我们感觉永泽实在是个大坏人。但实际上不是这样，永泽是很有追求的，他要自由的青春，他要寻找自己生活的价值，但初美把他当作唯一，当作永生，初美的爱对永泽来说是巨大的压力，他觉得可能要用自由来交换这份感情，他不能确定他跟初美间的这份爱是不是根深蒂固的，所以他只好通过一种残忍的方式去维护自己的自由。初美对永泽的包容反而变成了永泽的负罪，永泽只能不断反抗，他表面上很荒诞，但实际上是个特别认真，同时又特别放荡的人，各种特征纠葛在一起。最后初美看不到希望，选择离开永泽，跟另外一个人结婚。初美结婚两年后割腕自杀，她心里还是爱着永泽。永泽很残忍，很坏，但在爱情里，他用这种方式来维护他奉为圭臬的自由的价值。所以我们很难单纯地判断一个人的好坏。

以无畏的精神去生活，是好人的生命素质

现代网络上常用好人、坏人、渣男、渣女来形容人，这其实是非常幼稚的。我们千万不要用简单的好人、坏人标准来看待这个世界，在不同的具体场景里，我们要有自

己的选择、判断，因为今天是解放时代、过渡时代，一切都没有依据。这就是世界的复杂性。好人的一个标准是我们自己的内心感觉是否幸福，另外一个标准是有没有对别人造成大的伤害。

今天，我们过得独立而别样，没有一点儿原罪，现在的社会讲求差异化，不再是以前统一化的社会，没有任何外来的标准可以规定自己，把自己说成是一个好人。今天我们很难定义什么是好，什么是坏，这是一个需要新的起步、新的思考的时代。跳出原来固定的框架，然后去选择你生活的方向，一切交给时间来回答，或许这样我们才能在今天这个时代活出质量。

今天这个转型时代，一切都在开始，一切都没有成熟，好人的一个基本标志就是人活得很迷茫，迷茫说明在思考，对生活有很多不解，产生了很多自我冲突。这个时代如果一个人确定自己是好人，那就是有问题；如果发现自己很复杂，对自己真正有一个自我探测的过程，那就太好了。我们从农业社会向工业社会再向后工业社会转化，在一个疾速的过程里，在不同空间、不同语境里，它的好坏在不停地转换，所以你在什么空间里，在什么过程里，这需要我们有广泛阅读、细致观察的积累。

中国人的时间用得太浪费，每个人身上有太多的可能性，但很多人根本没有用自己最好的资源来生活。我们经历了那么多种生活,经历了那么多辛酸苦辣,经历了那么多的选择、放弃和坚持,应该对自己有基本的思考、判断,然后放弃原来80%的渴望,在最后的20%集中发力,去简单而坚定地生活。一个人活到一定程度,才会知道世界上那么多东西跟自己无关。庄子讲鼹鼠饮河不过满腹,我们很多人就是个小鼹鼠,整条大河都想拥有,其实一口大河水就饱腹了。你的生活在哪里,你的生活之水在哪里,想清楚后就非常坚定地去拥抱它,而不是东想西想、好高骛远。当然,你也是能扶摇几千里的鲲鹏,去探索自己的高度。这是一个探索的过程,有了探索才有生活的深度。很多人在时代转型期没有把自己的价值活出来。人的浪费,实在太可惜了。

如果一个女生26岁时已经谈过5个男朋友,不要觉得这个女孩子品性不太好。有了5次恋爱,这个城市就活起来了。可能她第一个男朋友喜欢音乐,他们去了各种音乐厅欣赏音乐;第二个喜欢绘画,他们又去了各种画廊、画展欣赏画作;第三个喜欢摄影,这样这个城市每个角落都有他们的记忆,都有他们很感怀的部分,春夏秋冬都有充满深情的东西。这个女孩子一点儿都不坏,她很好。评判好坏的标准是,分手之后她对前任是怎么评价的,如果在她看来前任一文不值,那这个人确实很差劲,他们之间终究有美好的东西存在。我们今天的道德观、生活观、生命观,方方面面都在变化，往后的三代人都是"试验品"。一个人要有把自己当试验品的坚定信念，这样你才有无畏的精神去生活，为社会做出贡献，尽量成为一个好人。

> 打破一切权威,去热爱真实的世界。
>
> 今天的年轻人,离自己向往的生活只有一步之遥,但是就这一步之遥跨不过去。他们内心里积累了这么多感受和愿意去探索的东西,但是行动上跟不上,暴风骤雨迎面而来的时候,就没有那个勇气。

躺平与幸福

躺平，是对生活有了新思考

最近在年轻人间非常流行"躺平"这个词，从传统意义上说，躺平是指有点受不了，想歇着了。但在我们今天这个时代，它的含义是完全不同的。我们的老一代人不会觉得累，20世纪80年代那些进城打工的人，在流水线上工作，一听说周末加班都高兴得要跳起来，因为他们可以挣更多的钱了。再往前追溯，农业时代人们饥寒交迫，黄河流域每年都发生水灾、蝗灾、瘟疫等灾害，我们曾经遭受那么多的苦难，但依然昂扬向上，所以中国人是不怕吃苦、不怕累的。

中国人有两个传统，坚不可摧。一个是劳动性，中国人移民到国外，如果是领救济金，心里会急得一塌糊涂，哪怕他们得到的薪水比救济金还少也愿意去工作，这是五千年传统文化下培养出来的国人本性。第二个是崇尚学习，中华民族是善于学习的民族，可以把低级劳动转成高级劳动、简单劳动变成复杂劳动。国家银行为什么有那么多钱？都是父母为下一代存的，欧美国家的人每一代都是为自己而存。

今天的年轻人想躺平，并不是怕苦。改革开放后，中国发生了翻天覆地的变化，现在的人不再像农业社会时期的人只为了养家糊口，而是有了新的生活追求。以前我们的恩格尔系数中，吃饭要占到一半左右，2021年国家统计局公布的数据是29.8%，多出来的消费支出到哪儿去了呢？原来，人们将更多的时间用在了看电影、读文学、听音乐以及增加社会文化交往上。巴黎的左岸，为什么全世界都称赞那个地方？因为那里聚集了形形色色的咖啡馆、书店，以及不胜枚举的艺术家。

2010年，中国GDP总量第一次达到世界第二位，到2020年，10年时间，中国人均GDP超过1万美元。这是什么概念呢？全世界30多个发达国家有一个共通规律——只要人均GDP超过2万美元，这个国家就再也不会倒退了。而人均GDP处于1万到2万美元之间时，蛋糕做大，谁分多少，这个阶段的社会冲突最厉害。中国的目标是到2028年，最迟到2035年达到人均GDP2万美元的水准。也就是说，我们目前是中等收入国家的最高端，再用七八年时间的奋斗，实现高收入国家的低端，踏入中产化。

为什么人均GDP2万美元就好得多呢？因为这个时候中间阶层基本形成了，他的观念，对生活的理解，对生活的追求，在这个过程中达成某种共识。所以接下来的10年，是我们中国特别不容易的一个阶段。在这个阶段，这一代社会中坚力量要完成从农业社会到现代社会的大转变。所以"躺平"成了年轻人的一种新的追求，在新的理念之下，他们觉得自己的生活不太合理，需要停一停，然后想一想，我们的生活到底过得对不对。

跳出当下，眺望幸福

从哲学上看，古希腊哲学家柏拉图的洞穴比喻特别好，一群人被锁链拴着面向洞穴里面，外面有火，火前面还走着些人，洞穴里的人看到墙上的人影晃来晃去，觉得这就是世界，因为他们从小到大只看到这一种世界。后来有一个人挣脱锁链走了出去，他才看到原来世界是这个样子，洞口有一棵树，树下还有阳光。他现在有三个选择：一个选择是，回去告诉洞穴里的人，他们之前完全弄错了，真的世界在外面，可能那些人听到后，觉得这个家伙把大伙的日子搅坏了，一群人过来要打死他；另一个选择是，这个人看到了外面的世界，感到里面的生活太悲惨，自己跑掉了，独善其身；还有一个选择是，他觉得接受一种全新的生活太难了，已经大半辈子都搞错了，现在没有力量去改变，自己适应了洞穴里的那种生活，于是回去拴上链子，看着墙壁继续生活。这三种选择，前面一种是去启蒙，中间一种是去获得个人自由，后面一种是接受奴隶化。所以今天的年轻人要想一想：我们的下一步到底该怎么走？

今天我们很多人考虑问题的方式还都是在现有的框架里，比如考大学选专业，会考虑什么职业最赚钱、什么职业最热门，等等，而没有看到未来我们的消费结构会怎么变。今天我们国人的平均可支配收入是3万多人民币，其中用于文化消费，包括教育、娱乐、艺术等的，仅占10%左右，而发达国家占20%多。未来我们的生活，跟现在是不一样的，未来10年，社会需求会达到一个新的阶段，会出现一些新的开销，现在根本看不到。所以现在的年轻人如果只盯着现有的这些分工，那么5年以后你就跟不上了，10年以后你就老掉了，所以未来10年会出现大量的"年轻的老人"。因为他们没有准备——面向未来的增长的准备。所以年轻人一定要活在10年之后，如果困在当下，就没有前途。

这个时候，就需要年轻人对幸福、对什么是价值产生眺望，启动探索，这是当下年轻人特别需要的。

中国的变化回顾起来可以用一个词概括：剧烈。100年前，外国人照相机下的中国，破破烂烂，到处打着补丁，哪怕是在改革开放以前，也还是补丁累累。而我们的历史里，汉朝人是那么豪放，有一种勇武之气；唐朝则丰富多彩，即便在整个世界格局里，也是那么辉煌。长久以来，我们的历史积攒了那么多的细节，衣食住行，方方面面，后来都没了。为什么呢？因为太穷了。西方是贵族制，长子继承，只有大儿子可以分到遗产，其他人都分不到，所以一座城堡可以一代一代传下来。中国古代是均分制，家族传统维持不住，缺乏光辉履历，所以没有贵族精神。这就导致一个问题——在这么好的国家、民族文化里，人站不起来。

到了当代，我们摸索国家的发展。宁夏有个贫困县被联合国认定为不适合人类居住之地，现在去看，那里已经盖起小平房，种大棚农作物，农民都说很幸福。当被问到还缺什么时，当地人说还缺一个老婆，希望政府能帮忙解决。看到他们幸福，我们一方面要高兴、欣慰，中国历史以往没有达到过今天这样的物质发展程度，但另一方面，我们要深刻一点，人不能沉浸于表面的快乐。我们走到这一步，历经千难万险，如果坎坷的经历没有衍化成我们的思想，那也是民族巨大的损失。

当代中国青年在文化、精神思想上有很大的进化。2010年，一个美国记者来到中国，他让中国青年在白纸上写下一句特别想说的话举在胸前，对着他们拍了100多张照片。从这些照片中可以看到，中国年轻人的想法真是太不一样了，比如一个19岁的青海女孩子，她写了一句：人一旦从农村来到城市，就再也回不去了。另外一个30岁的女青年写道：人为什么要生小孩？还有一个女青年写的是：为什么我们的空气这么差？形形色色。从中可以看出我们的年轻人对生活的困惑是非常多的。

现在多元、丰富的社会形态，对新的一代青年，特别是对90后来说，是特别大的历史考验，但同时，90后还有一部分00后，也一定会是中国历史上伟大的一代人。为什么呢？因为他们面对的问题太新了，全球都没办法提供经验。40年前的改革开放，我们可以学习新加坡、韩国，学习他们大进大出，开展国际贸易，但是到了今天这一代，当20年后，90后全面接管这个国家的时候，可以想象我们面临的会是什么情况吗？14多亿人，人均GDP两三万美元，全球都没有出现过这样的国家。英国工业革命后，一共才1000万人左右；1962年，美国人用信息化、电子化重新改写世界，一个国家才1亿人。人类历史上第一次出现一个14亿人的国家，这个国家会出现多少新的问题？文化、政治、经济，形形色色，方方面面，将会发生什么样的变化？没有任何国家可以提供答案，都需要自己摸索。问题横亘于前，不能不解决。所以一代伟大的政治家、伟大的思想家、伟大的经济学家，通通都会出现。另一方面，我们今天的社会基础也不一样了。1978年改革开放时，100个人里才有一两个大学生，而今天中国青年的大学入学率超过了50%。这个基础不一样,国家的科技基础不一样,经济基础也不一样,解决问题的能力、条件都不一样,一个伟大的新时代将要到来。

当代年轻人,需要哪些生命的探索

中国接下来的三代人都不可能太消停,都会去创业,我们中国将进入一个创世纪,不但为中国创世纪,而且为人类创世纪。或许今天我们还不能感受到这一点,但再往下走10年,形势就很明显了。所以我很欣赏今天90后的独立精神、自由精神、无所畏惧的探索精神。我认识一个90后研究生去单位三个月时赶上年终院长讲话,院长说,同志们,我今年的工作有很多缺点,希望你们多提意见。往年讲到这里,底下都是热烈的掌声,没人提意见。这次没想到这位90后站起来说,院长我提个意见,我看你上星期在电脑上规划明年技术骨干的考察行程,弄了三天都没弄出来,这个交给我,一个上午就解决了。

现在的年轻人就是敢于表达自我。但是光有勇气还不行,我们的年轻人还需要了解过去,需要联结自己的父辈。

如何联结自己的父母?我们能做的是赶紧访问一下自己的爷爷奶奶、爸爸妈妈。有的人一辈子都不知道自己的爷爷奶奶经历了什么，爸爸妈妈小时候经历了什么，对自己的来路不清楚。知晓过去而展望未来，这是一代又一代人的价值传递。50年后的中国历史若要书写出来，一定会对爷爷奶奶、爸爸妈妈这辈人的评价至高，因为他们完成了中国的工业化。这是多么难啊！

我们中国是一个丰富多元、民族众多的国家，一个青年谈爱国不应该是抽象的，应该实践化，多去看看我们的国家，接触不同民族的人，这样你的感情才深刻。我们看李娟写生活在阿勒泰的那些人，如果你没去过那里，你的感觉可能就比较有隔阂。今天我们很多人热爱一项事物都是很间隔、抽象的，很多人讲了半天爱国，内蒙古没去过，云南没去过，西藏没去过，新疆没去过，那种爱总感觉缺一点儿内在的、真实的生气。我们要建立起跟这个国家深度的感情，就要实地去感悟，这才是我们的力量来源。

历史给予这代新青年最大的价值是，促使我们思考到底该怎样释放自己的青春、怎么走过这一生。欧洲青年普遍流行一种生活方式——间隔年。比如他们大学毕业后，会去澳大利亚做公益，或者做别的事情，进行工作性漫游，从而获得一种自我认识，获得一种与原来文化、生活方式不一样的体验认知。通过这样的方式来思考，自己到底应该怎样生活。农业社会是一个循环式的社会，没有这个跨度，我们很多年轻人大学一毕业，马上着手找工作，一辈子缺乏这么一个过渡阶段。

一个年轻人，首先要体会自己的迷惘。一战之后，迷惘的一代出现了，海明威、菲茨杰拉德都有过迷惘的阶段。我们今天的年轻人，太缺乏迷惘，太确定了，一步步都是传统的路数，上个好大学，找个好工作，多赚点儿钱，买个好房子，一切都是确定的，但这个东西太"农业社会"了。一个当代青年，面对这么丰富的社会，如果不迷惘那就太肤浅了。如果一个毕业生发愁、难过、想不通，那就对了，就怕他一清二楚。年轻人需要给自己一个思考、一个探索、一个疑问。海明威那一代，打碎一切，重新生活。《太阳照常升起》这部作品里写心灵破碎受伤的青年去探寻新的生活，就是在迷惘中开拓的。这在当下特别需要年轻人有种硬汉精神，有坚强的生命力，这才能承担得起迷惘。现在很多人害怕迷惘，期待风调雨顺，期待农业社会种瓜得瓜、种豆得豆的生产规律，什么都按照节气来，没有什么意外，但这完全不符合我们接下来10年、20年即将要发生巨大社会变迁的现实情况。我建议年轻人多看看《少年Pi的奇幻漂流》，Pi与老虎相伴，要是没有这只老虎，茫茫大海，一片孤独，这个年轻人早死了。一开始他想把老虎赶走，到后来才发现这只老虎是他生命的支援，与老虎的抗衡，帮他度过了人生最艰难、最危险的时刻。与老虎同行，这才是新时代青年应该有的精神。

年轻人还要学会承受孤独。现代社会与农业社会相比最大的不同是，人是无限多元性的。人与人之间的相处不像农业社会都在家族社会里，相互认识，不存在孤独问题。但是今天的城市化、中产化发展使得我们的生活都"在路上"。第七次全国人口普查结果显示，有4.9亿人与其户口是分离的，更不用说今天我们的城市化率已经超过了60%。城市是由迁徙来的人所组成的陌生人社会，陌生人社会要求人一定要能承受孤独。孤独不是坏事情，孤独本身是一个体会自我的过程，是一个不断认识我们生命的过程。只有孤独的人才有真正的交流能力，因为他有一个不断沉淀的过程。

另外，年轻人还要敢于做一个开拓性的人。这个世界有个规律，凡是开拓性的人都有点儿"丑陋"，凡是完美的人都是过去式。过去发展出的成熟的东西才是完美的，它有标准，比如怎么化妆、怎么穿着，都是过去的经验。凡是要实现突破、做实验的，需要试错的，就显得比较丑陋。有挑战性的事物，有不确定性，不可能是完美的。你愿意做一个不完美的人，但必须也是一个开拓新时代的人。所以，我们一定要强调多元性，对自己不习惯的东西，一定要能接纳。一个人是活着的、复杂的，有各种生态。有一篇文章写作家为什么酗酒，因为半夜三更，夜深人静，作家写到后半夜越写越孤独，这时候想给自己来一点儿温暖，往往就会喝点儿酒。一个人身上有一个优点，必然对应着一个缺点，这是一种自我的结构。

还有一点，我们今天的年轻人一定要深切地认识到自己的无知。处在这个归零时代，我们14亿人开辟的新的阶段，前方没有参考经验，再有经验的人，再有知识的人，也只是一个人而已。所以这个时代需要人保持对世界的好奇，需要有对世界的巨大吸收力。

古希腊的苏格拉底有个学生，他在神庙听到有人问谁是我们希腊最有智慧的人。神说苏格拉底最有智慧。他回去跟老师说，神说你最有智慧。苏格拉底听了不相信，带着学生到全希腊转了一年，最后回到雅典。苏格拉底跟学生说：我终于发现我是整个希腊最有智慧的人。学生一听，问：老师你怎么知道的？苏格拉底说：因为我遇到的每个人都觉得自己很有智慧，而整个希腊只有我一个人知道，我一无所知，所以我是最有智慧的。

我一无所知，年轻人要保持这样的自省。不要封闭，不要自以为是。归零时代就是一个伟大的开锁时代、伟大的学习时代。所以我们今天的年轻人要探索新的价值，要去打开一个新的世界，不能固守成见、故步自封，一定要像孩子一样天真，面向时代学习。

还有一点非常重要，就是要打破一切权威，去热爱真实的世界。要学习达·芬奇这样的艺术家，你看《蒙娜丽莎》这幅画为什么好？因为它的背景，没有天使、圣徒，没有神的光辉，只有大自然。推荐大家多读一些欧洲18世纪启蒙主义的书。那个时代的人为什么要编百科全书？就是要让大家知道这是一个怎样的世界。以前的规定认知这个世界是平的，多宽多长，上面是什么，下面是什么，这是一个虚幻的世界。今天我们的脑子里有很多虚拟的东西，要去除里面被神秘化的东西，一定要踏入真实的世界里，这就需要我们行万里路，读万卷书，热爱土地，在地表上生活，而不是虚构地生活。

有些人旅行，到了地方就是自拍留影，做的都是美食攻略，很可惜，这样的人出去旅行等于没旅行。怎么达到认识真实世界，打开自己视界的目的？生活需要"品"，不是到处找自己喜欢的东西。西方葡萄酒文化中人们重视"品"，不是喜爱这个味道，而是通过"品"体味不同的味道。哪怕这味道我不喜欢，但仍值得仔细地品它。生命就是一个"品"的过程，在"品"中我们才能不断地成长，建立起自己跟这个世界真实的关系，而不是那么狭窄的偏好。

最后，年轻人还要特别培养创造精神。中国未来的20年会有很多空白，社会需要一种原创精神，突破现有的枷锁，才能描绘一片幸福的蓝图。

以上这些，就是我们现在的年轻人躺平之后要思考探索的，未来我们到底该以怎样的方式度过一生？不是消极地躺平再躺平，而是生命中暗含一种积极的探索精神，大家躺了半天躺不住了，跳起来去干自己的事。

我所认识的蒋介石

书和人的生活,
是连在一起的。

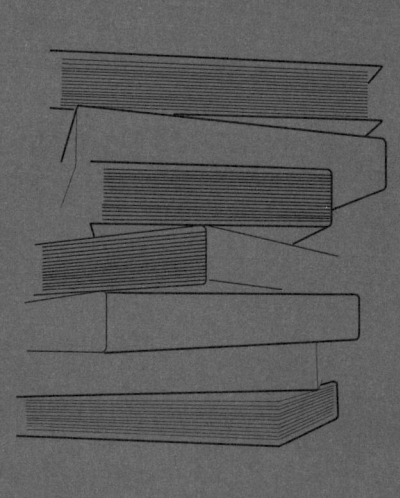

中国

《活着》，[中]余华
《边城·萧萧》，[中]沈从文
《羊脂人·祖母青》，[中国民间]姜容憔

美国

《印度之行》，[美]E.M.福斯特
《看得见风景的房间》，[美]D.H.劳伦斯
《洛丽塔夫人》，[美]弗拉基米尔·纳博科夫
《圈内》，[美]毛姆
《海伦·格里的画像》，[美]弗朗西斯·王尔德
《离婚的女儿》，[美]庫拉倫
《美国新世纪》，[美]斯坦福德·弗莱明
《巷地狱儿》，[美]弥重斯
《冬利德》，[美]伊克曼
《长丘》，[美]托马斯·品代
《邮递与信儿》，[美]周·弗斯汀

美国

《哈姆雷特》，[美]鲍德温·汉利尔亚

《猫斯派克》，[美]杨波荒尔·乍卡·卡特

《动物庄园》，[美]乔尔乔·鲍勃尔

《柳树间的风》，[美]格雷厄姆

《泛山深处》，[美]石崖一雄

《世界尔木书》，[美]塔·皆肉/[美]约翰·拜弗朗

《了不起的盖茨比》，[美]F.S.菲茨杰拉德

《柳林下的蚯蚓》，[美]尤金·斯坦尔

《喧哗与骚动》，[美]鲍尔·福克纳

《白鲸》，[美]赫尔曼·麦尔维尔

《老人与海》，[美]海明威

《草叶集》，[美]惠特曼·布曼

《你人的咖啡推的名义》，[美]卡苹·麦卡勒斯

《紫荆花》，[美]紫尔·兰茨

《时间刺杀》，[美]尼克尔·乔治夫

《泡沫派的人》，[美]卡勒德·胡塞尼

《我的安多妮亚》，[美]薇拉·凯瑟

《迎风之家书》，[美]H.H.阿姆斯/[美]曲劲罗白·C.曾敏非尔薄

《推销员之死》，[美]阿瑟·米勒

《愤怒之路》，[美]理查德·耶茨

《好人难寻》，[美]弗兰纳里·奥康纳

《寻找沙漠之花》，[美]艾蓬克，巴什诺森·布格

《汤姆叔叔》，[美]斯陀夫人

《蝇》，[美]约格斯菲特·米切尔

《走上吉普一的秘密》，[美]立米坦·汉密特

《米国冠亚地》，[美]普鲁斯帕特

《小王子》，[美]约瑟夫夫·布鲁奈亚

《在路上》，[美]凯鲁·凯亚克克克

《你接下来该请你孩子们在家还在什么》，[美]雷蒙德·卡佛

《麦田里的守望者》，[美]J.D.塞林格

日本

《挪威的森林》，[日]村上春树

《竹林中》，[日]芥川龙之介

《源氏物语》，[日]紫式部

《泥河》，[日]宫本辉

《物语》，[日]谷崎润一郎

《菊与刀》，[日]三岛由纪夫

美国

《晚安月亮》，[美] 玛格丽特·怀兹·布朗
《雪国》，[日] 川端康成
《挪威的森林》，[日] 村上春树
《情书·告白》，[日] 岩井俊二
《人间失格》，[日] 太宰治

英国

《幻城·夏秋卷冬》，[英] 雪莱·金恩
《傲慢与偏见》，[英] 简·奥斯汀
《简爱》，[英] 夏洛蒂·勃朗特
《战时儿童文学》，[英] 威廉斯
《浮士德》，[英] 莱辛·克格勒
《包法利夫人》，[英] 福楼拜
《蝙蝠侠骑士》，[英] 弗兰克·米勒
《人间》，[英] 约瑟夫·杜拉德
《春花的华尔兹》，[英] 班纳
《情人》，[英] 玛格丽特·杜拉斯
《园艺》，[英] 玛丽亚·加瑟

佛名数 / 法数

《樱桃园》，[俄] 契诃夫

《千秋岁引·秋景》，[宋] 王安石/山川，居然多在。何事感生旅意

《苏幕遮》，[宋] 周邦彦

《名贤集·卡列宁娜》，[俄] 列夫·托尔斯泰

《哈姆雷特之巴巴买买人》，[俄] 陀思妥耶夫斯基

《叶甫盖尼·奥涅金》，[俄] 普希金

《日瓦戈医生》，[苏联] 帕·列·帕斯捷尔纳克

《人·岁月·生活》，[苏联] 爱伦堡

德国

《侠盗》，[德] 席勒著·朱雁冰

《浮士德》，[德] 歌德

《歌德谈话录》，[德] 爱克曼

《沉沦及其它》，[德] 施尼茨勒

签乎兮

《媒伯林人》，[签乎兮]舞蹈版·非利顾·开申顿

《牛事亦林》，[签乎兮]抖少顾·托忘

謀士

《妖言》，[謀士]乘·海化与诗

《姚晚的党首》，[謀士]非利顾·雅名卷

《朱的过乡》，[謀士]海化与诗

萤大扔

《海曲》，[章]信亡

《十日祭》，[章]漳仰丘

《已敬的顺卡元》，[章]夜亡薄楽

《米与七》，[章]夸及直多

加拿大

《少年 Pi 的奇幻漂流》，[加拿大] 扬·马特尔 著

《亲爱的生活》，[加拿大] 爱丽丝·门罗 著

其他国家及地区

《在南极的日子》，[爱沙尼亚] 加布里埃·丹尼尔松 著

《大地的成长》，[挪威] 汉姆生 著

《寡居的一年》，[印] 蒋乃万措旺 著 徐建萍 译

《飞鸟集》，[印度] 泰戈尔 著

《小将乒乓的花园》，[阿根廷] 博尔赫斯 著

《地海传奇·白拉草》，[墨西哥] 胡安·鲁尔福 著

《我的名字叫红》，[土耳其] 奥尔罕·帕慕克 著

《不能承受的生命之轻》，[捷克] 米兰·昆德拉 著

《塔花记》，[葡萄牙] 卡夫卡

《刺鸟喙》，[澳大利亚] 考琳·麦卡洛 著

《等在你回头的地方》，[澳] 普尔夫曼·博尔曼 著

《愿》，[南非] J.M.库切

《我足着耀你，亲爱的》，[日俄客轨] S.A.阿列克谢耶维奇 著

导演

《无人喝彩》（1959）
《摇滚》（1996）
《海鲜》（2003）
《李狗嗨》（2012）

其他国家及地区

《青木瓜之味》（1993）
《恋日物人》（1994）
《春逝入侵》（2003）
《三傻大闹宝莱坞》（2009）
《亲爱故事》（2014）

德国 / 奥地利

《铁皮鼓》(1979)

《柏林苍穹下》(1987)

《窃听风暴》(2006)

《西西里的美丽传说》(2000)

瑞典

《处女泉》(1960)

《布拉格之恋》(1988)

韩国

《八月照相馆》(1998)

《82年生的金智英》(2019)

《雾水》(1986)
《印度支那》(1992)
《这个杀手不太冷》(1994)
《第五元素》(1997)
《穆赫兰道》(2001)

美国

《阿拉伯的劳伦斯》(1962)
《音乐之声》(1965)
《2001 太空漫游》(1968)
《看得见风景的房间》(1985)

意大利

《马路天使》(1937)
《罗马,不设防的城市》(1945)
《偷自行车的人》(1948)
《大路》(1954)
《天堂电影院》(1988)

《一盘没有下完的棋》(1929)
《老年社与青白色的象》(1961)
《中产阶级的审慎魅力》(1972)

法国

《海街日记》(2015)
《一封陌生信》(2011)
《挪威森林的孩子的一生》(2006)
《春日漫长记》(2002)
《千与千寻》(2001)
《海边的魔法师》(1999)
《细雪》(1983)
《楢山节考》(1983)
《悠然》(1964)
《早春杂物语》(1960)
《七武士》(1954)
《东京物语》(1953)
《西鹤一代女》(1952)
《麦秋》(1951)

日本

《金阁寺》(1950)

《多色水墨》(1982)

《美国仕重》(1984)

《走出非洲》(1985)

《纯真年代》(1993)

《辛德勒的名单》(1993)

《阿甘正传》(1994)

《低俗小说》(1994)

《泰坦尼克》(1997)

《美国丽人》(1999)

《指环王》(2001)

《时时刻刻》(2002)

《深水尖兵》(2003)

《杯酒人生》(2004)

《路易斯威》(2013)

《布达佩斯大饭店》(2014)

《三块广告牌》(2017)

《白雪映时·斯克普格瑞斯的激流》(2018)

美国

《一夜风流》(1934)
《乱世佳人》(1939)
《公民凯恩》(1941)
《卡萨布兰卡》(1942)
《十二怒汉》(1957)
《迷魂记》(1958)
《桃色之累》(1960)
《窈窕淑女》(1964)
《毕业生》(1967)
《邦妮的克莱德》(1967)
《午夜牛郎》(1969)
《教父》(1972)
《唐人街》(1974)
《飞越疯人院》(1975)
《出租车司机》(1976)
《现代启示录》(1979)
《异形》(1979)
《克莱默夫妻》(1979)

中国

《小城之春》(1948)

《盗马贼》(1986)

《秋菊打官司》(1992)

《蓝风筝》(1993)

《阳光灿烂的日子》(1994)

《大红灯笼高高挂》(1995)

《大红灯笼之月光宝盒》(1995)

《名人,四十》(1995)

《阳楼遥》(1996)

《春光乍泄》(1997)

《小武》(1998)

《洗澡》(1999)

《一一》(2000)

《花样年华》(2000)

《卧虎藏龙》(2000)

我要拐彎，我被自己的車絆住。

東瀛品牌之光澤

今天我们的年轻人依托的是民族文化，但最大的问题是自由不够，对自己的自由认识不够。我们的城市是陌生人社会，城市里不会被环境牵制，自由度高。但今天很多人，身体在城市里，文化和精神还在农村，遇到事情时不敢做自己的选择，都是要环境肯定、爸妈肯定、朋友肯定、同学肯定，而后才敢去做，以为天下人都盯着自己，自己吓自己，迈不出去也就丧失了自由。很多人心里都应该惭愧，因为一辈子没有过上自己理想的生活。

今天我们身体和精神的距离，只有一步之遥。这是我们今天中国青年面对的最大问题。一旦想通，我们的社会将发生巨大的变化，精神面貌会非常不一样。一个人既要年轻，又要有青春，但据我观察，很多人一辈子只年轻过，没有青春过。青春的热量和力量，青春的梦想和激情，都不曾感受。

年轻人面对未来，第一步可以躺平，躺平之后想一想，好好体会一下，接下来带着勇气与探索精神继续前行。关键是要有行动力，去打开我们的自由。只要敢去尝试，每个人都能做到。

我们每个人都要向着光，因为在黑暗里只能看见黑暗，向着光，像向日葵一样绽放出自己最强大的生命力，去过值得过的生活。

谈女性文化

女性需要伟大的独立精神，把"爱情"这个女性文学的传统主题放到第二位，而把人生自由的创造性放到女性生存的中心。女性的生命高度不在于看过几本书，也不是通过城市的生活幻境抵达，而是在辽阔的大地上实现。只有把自己的生命和自然世界，以及充满朴素真情的人们联系在一起，人才会精神欢喜。找到女性文化的根系，这是现代女性真正要解决的问题。

几千年来的文化压制与禁锢

中国社会文化发展是非常多元的,尤其是女性文化这一支发展很快,近年来在社交媒体上讨论热度很高,但文化发展的整体结构就像一棵树,生长的纹路、内在的思维体系架构、生命力等诸多方面其实和女性文化发达地区还有很大距离,为什么呢?

回顾历史可知,由物种进化开始,动物界就形成了一个基本格局,灵长目分两性发展。体形大的动物,比如狮子、大象,都是母系社会,雌性的主宰系统很明确。我早年曾在四川西部考察,注意到当时的藏族聚居区仍保留母系社会形态。一个黑色牦牛皮编制的大帐篷旁边20米左右的距离内会有一个白色小帐篷,家庭里没出嫁的姑娘住在里面,晚上会有不同的小伙子来这里跟她幽会、居住,如果生了孩子,由舅舅来养。《中国国家地理》的记者去那里采访,有一位受访女性有8个丈夫。历史上中原地区农业社会形成一种婚姻定式:一夫一妻制度。那么这位受采访的女性,她为什么能有8个丈夫呢?受访女性生活的地区位于垂直的峡谷地带,假使只有一个丈夫,他只能在家种地,一家人的生活水平很有限;如果有两个的话,一个可以种地,一个可以在周边做点儿买卖,就多了一种生活来源。其实,除了他们本地的传统文化,更多的是经济原因在起作用——丈夫越多,生活越好。世界这么大,我们不能以自我认知的定式去判断、衡量别人活得好不好、对不对,生活并不只有一种标准。

历史上女性地位不高,女性作为一种漂泊性别,到了一定时候,往往大多数都以出嫁的方式离开家庭。因为人类社会关系的进化,出于更好的管理需要,家庭中必须有一个性别的人离开,而离开的人90%都是女性。女性离开原来的家庭,对于自己的血缘、原生土地而言,她是漂泊者;从人类学上来说,她是文化基因的迁徙者、交换者。所以她需要依附于一个男性家庭,一旦附属于某人之后,她就要隐藏自己的容貌,所以很多地区都有习俗要求女性婚后戴上面纱,尽量减少她们的吸引力。女性就这样被社会封闭起来。所以几千年以来,女性在社会公共领域的积累严重不足。

面对这样的社会现实,女性如何既建立良好的社会感情,又能拥有专业化能力和自由?以往的社会关系中女性被隔离在男人身后,通过男人跟世界联系起来,所以这个男人就是她的世界。女性没有或者说不被允许建立自己和世界直接、丰富的关系，这对现在的女性来说是一个巨大的发展障碍。这种现状当然不是靠观念的变革就可以改变的。傣族女性结婚前一天，服饰还很漂亮，结婚第二天，她穿戴的样子给人的感觉是，一下跳过了少妇阶段，进入了中年，"老"了20岁，头上戴一个小烟囱一样黑纱似的饰品，服装的颜色也是暗色，这表明她已经属于了一个男人，不能再对其他异性释放自己的魅力。

为什么印度很多女性会在丈夫去世后自焚？因为印度传统文化中，在大家庭里，女性的丈夫一旦去世，从此以后她便只能吃最差的食物，穿最破的衣服，以此表示自己对丈夫的无限怀念，表示自己完全摒弃了世俗的欢乐。而失去丈夫的女性一旦决定自焚，丈夫的家族通常都会觉得光荣。因为女性证明了自己是多么爱自己的丈夫，乡里乡亲也都觉得这个家族很了不起。这是对女性的禁锢，非常可怕。在中国旧社会时期的某些地方，女性一旦成了寡妇，会准备500个铜钱，到了晚上，她会把500个铜钱往地上一撒，然后在黑暗中把铜钱一个个找出来，一个不能少，这是项大工程，往往要进行到后半夜。每天摸每天找，铜钱磨得光亮。只要家里来了客人，她先把这500个铜钱拿出来给大家看，表示她每天晚上都在找铜钱，没有其他活动。类似的社会规则特别压制女性。几千年来，女性的生命都这样被禁锢了。

这种历史传统给现代女性的成长带来了很大的问题：现代女性如何在社会上获得自己的价值？女性在社会关系中承担的

劳动活动并不轻松，但是得到的权利和价值回报极小。据联合国统计数据，在世界范围内规定财产归属的法律中，归属男性的法律占98%，归属女性的只占2%。

20世纪90年代日本法律才规定，女性有结婚后保留自己姓的权利。以往日本是一户一姓，结婚以后女人必须跟男人姓。100多年前，日本女人上街很小心翼翼，男人在前面昂首阔步，女人隔了三步远；二战之后女人才跟上一步；20世纪60年代女人又跟上一步；现在双方才是齐平的。西方工业革命后，大量女性进入纺织厂，因为工作时穿裙子易发生事故，女性才第一次穿起长裤，但下班后要立刻换回裙子。直到20世纪60年代，裤子的产量才超过了裙子，并成为服装设计师的设计对象。女性一步步走来，突破各种枷锁是很不容易的。在伊朗电影《黑板》里，女性要结婚或者与男性建立关系，都不是为了爱，而是为了孩子或其他，但这些都不能帮助女性获得发自内心的幸福感。这些都是传统社会出现的女性困境。

历史上女性还会被当作一种危险性的存在，社会共识（其实主要是男性共识）认为女性有时候非常感性，有时候又显得冷酷无情。这其实是有文化背景的。比如王尔德依据《圣经》故事创作的戏剧《莎乐美》。巴比伦公主莎乐美，是希律王的继女。在一次宴会上，她看到圣人约翰，对他一见钟情，但约翰拒绝了她。希律王迷恋莎乐美，想让莎乐美跳舞，并答应可以满足她提出的任何愿望。莎乐美跳得特别好，之后她要求希律王把约翰杀掉，她一方面爱他，但又不能得到他，所以只能毁灭他。《献给艾米丽的一朵玫瑰》也是这样，艾米丽是一个南方上校的女儿，家里人都去世了，剩下她一个。后来从北方来了个工头，艾米丽特别喜欢他。但工头是北方人，不愿意在南方生活，于是艾米丽买了半包砒霜，把工头毒死了。

波伏瓦特别感叹，我们不是生来是女人，而是成长为女人、社会的第二性，是被整个社会塑造扭曲，成为一名女性。所以女性，尤其从心理方面来说，不是天然的，而是被塑造的、被规定的。波伏瓦认为女性介于男人和太监之间，有一种被阉割的心理，没有自己的生理，没有自己的归属。身为女性太难了。为什么女性得不到平等对待？为什么女性不能和男性一起分享这个世界？好像女性只有放弃自由才能获得呵护、获得依靠，如果不去依靠男性，就会充满各种风险。可以说，传统社会对女性是非常不友好的。

女性文化伴随社会发展，曲折向前

今天我们的社会已经有了巨大的改变，出行有柏油路，晚上有路灯。100年前的美国，当时还到处是泥土路，电影院里烟雾缭绕，闹哄哄，电影院旁边，妓院林立，一切都粗犷而野蛮。真正适合女性独立行走的世界，形成不过区区几十年。很长一段历史时期内，世界全是围绕男性构建的。女性地位的提升要感谢工业革命的发生，工业革命打开了女性的新天地。纺织厂等如雨后春笋般涌现出来，工厂需要大量的劳动力，于是女性走出了家庭。等到第二次世界大战时，很多兵工厂也需要女性工作者来补充劳动力——男人都打仗去了。资本家们一开始怕女性吃不消，后来发现她们比男人干得好多了，工作的细致度、精致度都超过男人。从闭门不出到真正把自己投入社会生产中，女性走过了非常艰难的一段路。

教师也是女性较早开始从事的职业之一。国家要发展教育，老师不够，所以很多受过中等教育的女性开始当老师。美国西部开发的时候，特别需要老师，女性教师因为工资低廉，特别受学校欢迎，男老师15美元一个月，女老师只要7美元。当时一位女性要想当老师，需要签特别严格的协议，比如她必须住在当地的一个家庭里，不准单独住，防止发生风花雪月的事情；下了班，她必须从学校直接回家，不能在街上溜达。女性一开始踏入社会，是通过这种非常不平等的条约进入的，但终究还是踏入社会了。女性有了劳动回报——工资，不需要依附男人生存，开始有了独立空间。这些岗位不再像农业劳作那样占据了她们所有的时间，女性开始有大量的空白时间用于识字、阅读。古希腊时期，女人不准进入剧院，男人担心她们看到悲剧时恸哭，对其他观剧人影响不好。但是阅读不一样，女性可以躲在自己的房间里想怎么看就怎么看，在文学里女性获得了一种精神的自由。

农业社会对女性来说，封闭性太强，女性是天然亲近城市的。台湾很多乡土电影，男女朋友一起出去打工，出去以后，女性特别适应城市，而男性还会怀念乡村，觉得城市人情淡漠，有一点儿不习惯。电影《恋恋风尘》里，青梅竹马的恋人阿远、阿云一起来到城市。他们跟一伙人在地摊上聚会，有人让阿云喝啤酒，阿远说女孩子在社交场合不要喝酒，但阿云一高兴就喝了，有人劝她再喝一杯，阿云又喝了。阿远心里特别难过，他意识到了一种变化。后来阿远去当兵，两年后快要回来之际，弟弟说阿云已经跟邮递员结婚了。对女性来说，尽管对方只是一个邮递员，但也是城市社会的一员，是社会身份很明确的人，而阿远还要继续奋斗，能不能扎根城市都难。不管是对阿云还是阿远，这样的结局都是一种无奈。

欧洲的历史跟我们不同，随着工业化、城市化的发展，一批女性发展出了自我意识，像乔治·桑，穿裤装，抽烟、喝酒，崇尚自由，特别反叛，因为她有自己立足的资本。女性最艰难之处在于如果没有资本，那么一切权利都没有谈论的基础，她表面上也许气势很强，但实际上底气不足，因为她自己也明白，必须完全依靠男人。但乔治·桑不一样，她会写小说，有自己谋生的能力，而且非常厉害。在她200年诞辰的时候，法国政府将那一年命名为"乔治·桑年"，以示尊敬。

女性在获得权利的初期，一定不是完美的，现在看来可能还有点儿丑陋。人特别要克服完美主义。什么叫完美？完美就是成熟的东西，是经历时间的洗礼积累下来的，有衡量标准的东西。而所有新生的事物都是不完美的，都具有叛逆性、破坏性。任何事物的早期都有这样一个过程，若要发展需打破很多原有的局限。

西方社会在工业化的过程中形成的消费主义文化，对女性产生了巨大的影响。20世纪20年代美国新女性的标准是要求女性不要温柔、不要顺从、不要谦卑，而要讲享乐。一战之后，经济发展，夜总会应运而生，大量的人开始享受生活，纵酒欢歌，所以《了不起的盖茨比》里面主张女性性自由、婚姻自由。但另一方面，欲望的释放使得女性开始追逐金钱，以名牌数量衡量自己的价值。千禧年的日本，年轻女性也有这种追逐名牌包的潮流，女性普遍认为如果没有拎上一个名牌包，这辈子就白活了。而近些年的日本社会，低欲望又成为一种潮流。大家尽量避免用奢侈品，一定让自己跟其他人差不多，因为那些商标没什么价值，都属于心理消费，心理消费是无限的、失控的，本质上是虚幻的。所以优衣库盛行了，因为买家认为跟大家一样普通就可以。可以说这些年社会风向变化非常之大。

真正的女性文化是突破对自由的束缚

对目前的我们来说，社会正处于一个不断拓展的进程中，我们处在多元文化、多样文明里，女性该怎么去解答自己的人生？在城市化进程中，每个人身上都肩负着一个大的命题——寻找个人自由。何为自由？自由就是能自己做主。封建社会里人都是看别人脸色，别人说好才算好。现代年轻人看起来自由了很多，但问题也比较明显——工业化和城市化没能改变我们从农业社会沿袭下来的惯性。有一个女生喜欢上一个男生，女生觉得男生样样好，只有一点除外。这个女生身高168厘米，男生身高167厘米，而她的择偶标准是要找一个180厘米的人。这个男生太难过了，颓废了三个月，瘦了20斤。后来两个人还是因为爱情跨过了这道坎儿，走到了一起。一旦突破自己设定的限制，两人才发现事情没那么复杂。再后来女生和男生结婚了，过得也挺好。两人之间之所以会出现这样的问题，关键还是传统的固有认知对人的影响，而个人则需要突破这样的限制。只是这个过程会给置身其中的个人带来畏惧感。哲学上说，最大的畏惧是畏惧本身。生活中经常是这样。

我到上海公安学院给学生上课时，偶然一次在办公室注意到一对男女，有人告诉我这是一对夫妻，女人53岁，男人35岁。小伙子不到20岁时来到办公室，对女人一见钟情，当时女人近40岁，有孩子有家庭，男人从未表白，只是默默呵护，也没有相亲，一直待在这个办公室。女人也明白，但是自己有该承担的家庭责任。一直到女人51岁离婚，她跟男人结婚了。如果他们有一点儿犹豫畏惧，"吃瓜群众"太多，那事情就不会像现在这样。但他们毫不犹豫，坚定、坚决，别人也无话可说。

由此可见，人活在社会中，会有各种各样的束缚，男女都一样，只是社会对女性的束缚更多，而这些束缚，很多时候都是自己给自己设置的限制。目前的社会开放程度，可以说自由就在身边，只要跨过自己的心理关，一步就能抵达。但"跨不过去"也是普遍现象，我们的潜意识总是认为外部是不安全的。

今天社会对女性的期待还存在一种非常固化的、压制性的认识。从早期电影对女性的塑造中我们可以窥得一二。比如世界上第一位女性电影演员劳伦斯，商人们通过炒作把她塑造成"行走的诱惑"的存在，尽管她最后变成女明星，但内心一点儿也不幸福，48岁时服毒自尽了。这其实是男性主导的社会给女性的一种暗示、一种引导，更别说玛丽莲·梦露最经典的镜头——她站在地铁的吹风口，裙子被吹起来，表现的是一种肉体的诱惑。社会的价值观因为资本的作用出现了混乱，原来作为一名女性，不管是母亲还是女儿，她有自己的价值，她的劳动、她付出的爱等都值得被重视。但现在社会扭曲了对女性的价值判断。女性除了母亲和女儿的身份外，她首先是一名女性，但影视界或者说消费主义，对女性的价值评判标准非常单一，年轻、颜值就是一切，女性一旦过了35岁，光芒立刻暗淡，从此被资本冷落。这是非常畸形的价值导向。电影中，女性也总是跟花花公子联系在一起，女性被作为祭品来服务于男性。比如著名的丹麦电影《破浪》，丈夫瘫痪，他催妻子出去跟别的男人鬼混，因为只有她放荡了，他的愤怒感才会减轻，他才能尽快恢复健康。女人被迫出去勾引男人，最后变成了全镇所有女人的公敌。这么一个把自己奉献出去的女子，最后被迫到海盗船上去找男人。她第一次去就几乎丧命，等她回到镇上后，大家歧视她，小孩拿石头砸她，外部和家庭环境压迫得她无法呼吸，最后她死在了船上。

而《走出非洲》这本书，则写出了一种真正的女性文化。创作这样的小说，需要伟大的独立精神，作者把"爱情"这个女性文学的传统主题放到第二位，而把人生自由的创造性放到了女性生存的中心。女性的生命高度不在于看过几本书,也不是通过城市的生活幻境抵达,而是在辽阔的大地上实现。只有把自己的生命和自然世界,以及充满朴素真情的人们联系在一起,人才会精神欢喜。找到女性文化的根系,这是现代女性真正要解决的问题。在故事里,凯伦·布里克森去了肯尼亚,在那里生活了17年,在海拔近2000米的地方种咖啡树,跟当地形形色色的人打交道。野牛、飞翔的鸟,丰富的自然世界构造出一个跟古老文明有生命联系的现代文明。在这个过程中,她对生命有了更深刻的体验。

一个人有过逆流而上的人生,才算真正体验过生活。在农业社会中很多人都希望风调雨顺,平平顺顺,这样的生活是最庸常的,就像一条鱼在同一个水层游动,还没有更多机会思考生命的深刻议题时,一生就这样过去了。人需要过一种逆流而上的生活,这种生活尽管艰苦,但可以打开生命的维度。

在凯伦·布里克森的故居里,有张唱片最值得注意,是凯伦的恋人丹尼斯留给她的。凯伦去肯尼亚的时候,带了很多东西,各种衣服、酒器、咖啡,塞满了好几车皮,沿着铁路轰隆隆开过去。故事结尾,咖啡园被烧掉了,丹尼斯也因飞机失事故去,凯伦离开时只带走了几本丹尼斯留下的书,其他东西都不要了。她知道这个世界上那些所谓的必需品,都是不需要的,她获得了自由,打开了生活的维度,找到了生命的真谛。真正的生命是流动的,像水一样,它有无限丰富的精神,是一种体验过程。

凯伦·布里克森的这本小说,有她自己深层的价值追寻。在传统西方社会里,只有贵族可以吃肉,对平民来说,很多事情他们是没资格做的。凯伦作为一个富家女,她的愿望是嫁一个有贵族封号的人,于是她嫁给了布里克森。布里克森家族有贵族封号,但是没钱,凯伦给了他一大笔钱,买了一个男爵封号。这样凯伦就成了男爵夫人。但布里克森只是把这看成一场交易,到了肯尼亚后,他整天花天酒地,到处打猎,还染上了梅毒。在肯尼亚这片异乡,在这个女性连咖啡馆、酒吧都进不去的地方,形单影只的凯伦陷入了绝望。她被迫放弃原来的追求,开始关注咖啡园,关注当地土著,在这个过程中她慢慢体会到劳动的价值,体会到古老民族的情感,体会到大自然里野牛群、火烈鸟等形形色色的美,同时她也看到了殖民者对自然和当地文化的摧残。在这个过程中,她获得了对生命的新理解。

凯伦和丹尼斯的交往过程中,两个人都很怕给彼此造成约束,丧失自由。在经历了种种磨难后,两个人才意识到彼此在同一个维度。丹尼斯开着飞机,载着凯伦第一次在天上飞时,凯伦感慨万千,这是女性第一次跟男性在一个高度上看世界,看到牛群、山峰、河流,看到世界这么广阔,远远超出自己的小小的家。两个人的情感在这样一个开阔环境中获得了升华。可惜在最好的时候,丹尼斯因飞机失事离开了。但是凯伦已经成长起来，内心深处有了自己的生命支撑，最后她带着丹尼斯的书，离开了生活17年的肯尼亚，回到丹麦。尽管有哀伤，但是她对生命，对土地，对这个世界，有了自己的理解。

女性寻找到自我的精神价值，需要这三步

对年轻的朋友，我有三个建议。

第一，人年轻的时候，要多去认识世界，认识世界的多样性，知道天外有天。人活于世，最怕的是认为这个世界钱是一切，只有一元性的标准，然后对不一样的东西都排斥。所有的不适感，都在倒逼你去探索世界。为什么喝葡萄酒要用"品"？不是我爱这种滋味，而是通过"品"不同的滋味，在"品"的过程中获得对世界的理解。

我们的生活特别缺乏一种自由主义精神。我们不了解这个世界，不知道下一秒会发生什么事，所以要爱什么人、爱什么事，赶快爱，深深爱，使劲折腾。

《走出非洲》这本书特别好，它支持女性的生命要面向自然。

女性是那么了不起，不要把自己局限于精致的衣服、美食、小圈子交往、小情小感……世界那么大，你怎么知道自己

喜欢和适合什么生活？很多人把自己的喜欢局限在现有的小圈子里，如果再打开些，你可能喜欢拉丁舞，也许适合生活在巴西；你可能喜欢精致、安静，也许适合生活在日本；你可能喜欢温暖的色彩，那就可以跑到法国南部的普罗旺斯，那里的集市、教堂、广场，各种颜色，挨挨挤挤，时间在那里，从古到今串联在一起。而这一切，都有可能发生，都是可实现的。千万别在你还没了解这个世界的时候，就把自己固定了。所以《走出非洲》的核心是走出。人要能走出舒适区，走出自己固定的区域。走出去才有价值。

第二，要认识自我。这是对自我的一种探索，很多人一辈子都不能定位自己是谁。女性在很多方面比男性优秀。以前的脑科学研究，认为男性左半脑发达，偏理性；女性右半脑发达，偏感性。新研究出来，推翻了之前的结果——男性确实是左半脑发达，而女性是左半脑、右半脑都发达。女性两个半脑中间的联结传递特别好，如果不被人为规定，它释放出来的力量是非常强大的。受社会文化影响，很多女性的潜意识里，畏惧成功。一旦成功，很多人害怕自己失去女性气质，所以女性会习惯性地回避很多东西，一定要显得自己小鸟依人。日本每年在东京举行高级女企业家年会，第一天上午开会，大家还一本正经地讨论企业发展、经济发展趋势等，下午会议就变成"吐槽大会"，开始控诉男人。因为大部分女性都单身，她们的一个共同体会是，男人离开她们的时候，她们会感觉特别轻松，很自立。

我教过一个韩国女学生，有天她哭哭啼啼道，男朋友来信说要分手，理由如下：半年以前你要去中国留学，我特别不愿让你去，你给我做饭，照顾我，我特别依赖你。后来你要我自立，鼓励我自强。我没办法，只好开始自己学做饭，现在我发现自己越来越强，为了进一步自立，我决定跟你分手。

这种情况下，女性特别怕变成女强人，因为事情会变得特别难办。整个世界就处在这么一个社会形态里，因此，女性文化要建立自己的哲学基础，解决根本问题。现在的女性文化，属于过程哲学，不像男性文化那么有目标性。男人从原始社会开始就是猎人，他们确定了目标性原则。如果要去打猎，他们会悄悄地，一路上一言不发，盯准猎物。直到今天，男性的这个特性都被标记在他们的基因里，他们上街买东西，要买什么就直奔那个店，买了就回家。而女性一直待在山洞周围，相对封闭。在《走出非洲》里面，凯伦观察山，观察水，观察各种各样的生活场景，那都是女性真正打开自己的方式。

第三，认识生命。只有认识生命，才知道整个世界生命是无限多的，都共存在这个星球上，而不是只有自己活着。在《走出非洲》里，凯伦认识到了土著热烈奔放的情感。在节日上，女孩子站在男人的脚背上，双方一起跳舞，男女之间有深深的相互依存感。凯伦还帮当地人治疗病症，人与人之间的关系，打破了种族，打破了地域。所以说，认识生命就是认识整个世界的丰富性。

我们在世界上行走，看到那么多的真实存在，你有没有兴趣去了解一下别人的喜怒哀乐，别人内心深处的愿望？这是个非常值得我们珍惜的世界，我们要学会付出，帮助别人。人除了获得自己劳动所得的成果，还必须拿出一部分来帮助其他人，这个世界不是一个纯粹的利益体。

中国的文明是养育文明，种下一颗种子，等待它的成熟，逐渐与自然建立起深厚的联系，这是一个非常温暖的过程。《走出非洲》在这点上符合我们的文化精神，里面展现了凯伦对生命的珍惜、对情感的珍惜。最后她要离开了，还为当地人担心、着想，因为她离开了，土地会被征收，为此她用尽一切力气为他们争取权利。这个世界需要这样的温暖。

有一个北京女孩，认识了一个研究语言的挪威同学，后来两人结了婚，女孩回到中国，召集广大少数民族地区的人们留存自己的语言文化。当地很多寨子真正能书写本民族语言的人只有两三个，于是女孩和丈夫跑到深山里建了一个景颇族文化中心，把他们珍贵的民族遗产，如各种各样的生活细节、节庆文化、绘画音乐，教给年轻人学习掌握，又组织他们在上海、北京等地表演，进行推广。他们打算在那里研究一辈子，挪威丈夫还把他的语言学研究员带过去。后来他们取得了一个重大成果，首次发现了景颇族语言里有一个其他语言体系里没有的重要因素。

中国社会的大发展，前面40年以经济发展为中心，后来呼吁转换观念，变成以人的发展为中心。中国人均可支配收入中的文化消费部分，即教育、电影、阅读等支出占比很低，所以中国下一个增长空间是文化空间、技术空间。目前的现实情况是，我们文化和技术发展太慢了，人受传统思想的影响，都去买房子、买车子，生活方式千人一面。其实在文化发展、文明发展过程中，会有大量优秀女性涌现。她们对生活有细腻的体察，对世界有新的表述、新的感受，自身有特别好的原创性潜力，会为社会输送创造力。中国下一步最重要的是建立新型社会方式，在中产化、城市化过程中，人怎么获得更丰富的精神发展，是需要关注和解决的问题。

今天我们需要更多像法国的妮尔那样的女性，她从小喜欢探索世界，发现中国的西藏是个神秘的地方，于是20多岁就想办法来到西藏。当时的西藏还不准外国旅行者进入，因此她在青海游荡了七八年，后来化装成男人也没能进去，几经周折，她终于得以进入西藏，成为西方第一个女藏学家。妮尔跟《走出非洲》的凯伦一样，对世界抱有广大的关切之心。有这种精神的人，才真正活出了生命的价值。《走出非洲》第一次展现了女性对原始生命状态、对大地成长的关怀，同时也写出了女性自身对世界的感受，表现了女性力量中非常了不起的顽强性和再生性。

一个人一辈子需要出生两次，第一次出生是生理上的出生，第二次出生是精神上的觉醒，知道自己应该做一个什么样的人。每个人都面临第二次创造自己的人生任务，世界上大部分人都没有完成这个任务，因为没有这个意识。一个孩子进入大学，从他离开家的那一刻起，已经开始半社会化，整个青年时代，就是自我觉醒的过程。这个过程不是依附性的。很多女生在大学里有种体会，从学校门到学校门再到学校门，硕士读完25岁，本来学了这么多年知识，走出校门后是发展自我的大好时机，但这个时机却被人为打断。女性一出校门，她们就被外界逼着相亲、结婚，人生之路一下子被困住了，一步赶一步，按部就班地生活，就像被放到工业流水线上制造出来一样。这非常可惜。对女性生命，社会也往往以倒计时来衡量，30岁时要生孩子，28岁时要结婚，这样25岁时一定要找到男朋友……她们的生活一直在焦虑中行进。可是她们的精神价值在哪里呢？很少有人讨论和关注。

所以《走出非洲》是一部可贵的作品。它描绘了女性在失去爱情、失去爱人、婚姻名存实亡的荒凉生命中，自己在大地上重新耕作，在绝境里获得了对生命崭新的兴趣、体会。

女性让男性越来越有压力?

对女性的认识,需要动态的眼光,从她们的少女时代到老奶奶时代,我们不能都以一个标准看。

任何社会要运行,都是有内在平衡的。

以我国的传统社会为例,我们传统的宗法制度是以男性为家族主干,女性附属于男性家族这样的构架运行。这种情况不仅中国有,全世界都存在,95%的社会结构都是女性来到男性家庭。西方总主张男女平权,很多女性嫁给男性后她们的姓氏却要改成男方姓氏,包括希拉里。日本也是如此,女性一出嫁就改姓了。相反,中国女性可以保留自己的姓。在中国古代女性权利确实要比男性权利少太多,但是母权是不小的。以《红楼梦》为例,贾母就很有威权,贾政他们小一辈的都是要每天请安的。在这个社会体系里,女性完成了社会赋予的功能和任务,就会得到很高的地位。

人们总认为传统社会下女性没力量或者柔弱,其实并不是这么回事,母亲在家族内部是拥有权利的。多年的媳妇熬成婆,最后这一熬就发生实质性跳跃了。

一战后,世界经济有段高速发展的时期,就是菲茨杰拉德所写的爵士时代,当时兴起了"新女性"的概念。新女性用消费主义来定义自己，比如说一个人的价值就是以有多少奢侈品来定位的，所以那个时代香奈儿这些奢侈品牌崛起。一方面是消费主义萌芽，另外一方面就是女权主义兴盛，女性有权利追求自身的幸福、快乐，这逐渐变成一些高端女性的自我认知。

今天的男性面对女性，不能将女性作为一个总体一概而论，可以从某些群体切入。现在，特别是在大城市，聚集了一批专业、学历、收入各个方面都很优秀的女性。有的女性虽然刚毕业，还不那么卓越，但对自己的期待很高。这一部分人的生存意识非常独立，当感受到社会把女性的角色锁定在某一面时，她们感觉到生活处处扎心。比如说，一个25岁的姑娘，硕士刚毕业，大家对她的定位会让她产生两个压力——职场压力和婚育压力。

现在的女性主义，甚至是女权主义，其实是女性对现行社会的不舒适、不适应的反应。社会关系里处处充满对女性的标签化锁定，让女性觉得现实跟自己原本希望的生活大不一样，所以女性表现出攻击性，有点儿强势。而且这个群体在扩大，大学每年招生1000万人左右，女性占一半。学校每年为整个社会输送几百万女性，这些人大部分留在城市，掌握了话语权、释放出来的声音很大。

以前的社会结构中优秀男性占大部分，比优秀女性多，但随着教育的普及和互联网的发展，现在，优秀女性越来越多。

但传统文化造就了女性的慕强心理,她们依然希望与一个比自己更强的异性成为生活的搭档,但越往上优秀的人越少,最后只能单身。我有一个女学生去外地当老师,别人给她介绍男朋友,男生见了一次就再也不来了。两个人坐下来聊天喝咖啡,女生跟人家聊波德莱尔、普鲁斯特,就这样把男生"聊"走了。女性有慕强心理,而男性在传统文化的熏陶下,本能上又比较排斥和自己旗鼓相当的人。没有精神共鸣,很多女性因此也就不想恋爱、结婚了。从人类学角度看,男性的无意识思维,导致这部分女性结不了婚,基因得不到遗传,这样在人类进化过程中,这些人就"自生自灭"了。

我们现在处于这样一个过渡时期,接下来可能两三代女性都会遇到这样的问题,但慢慢地男性也会成长起来,整个社会劳动方式也会变化,会产生很多想象不到的新创造,文化也会有很多支撑点,不用仅仅依靠观念革命。比如说我们现在出现了短视频、播客等形形色色的东西。女性的创造力很好,通过这些新的生产方式,她们可以获得一种更清晰的自我认知,再面对世界时就会比较从容。很多女性态度尖锐,归根到底,是社会环境给女性造成的压力很大。她们上班工作,下班顾家。如果她们的精神需求再得到提升,可以看电影、看展览、了解各种新发明,那么女性的自我认知会更好,她们跟这个世界的融合度会更高,女性对男性的期待也就小得多、平和得多。

现代社会是,男女双方对彼此都比较失望。女性对男性持批判性意见,也说明她们对男性的期待很大,希望跟这个人在一起能获得另外一个延展的世界;男性对女性也存在失望情绪,觉得女性怎么变得这么物欲、现实。日本现在进入了低欲望社会,大家都不愿意出去谈恋爱了。有调查显示,在日本,38岁以下的群体中,女性单身率达到38%,男性也占到34%。

现在这种情况,有待于社会再发展,走到另外一个空间。什么叫另外一个空间?就是发展有连续性,社会文化也有很大改变。

2028年,最迟到2035年,我们的GDP会实现人均2万美元,进入高收入国家的低端,听上去这个数据离美国的6万多美元,特别是离瑞士的8万多美元还差得远,但我们的人口基数是很大的。届时生活结构变了,大家对房子的需求基本固定下来,文化消费、精神消费的比例也会在可支配收入中放大。

现在很多年轻人的个人自由时间被剥夺了,整天"996",两性之间当然也就没有很宽松、友好的体验。但这种情况不会长久。公路文化其实很适合年轻男女,且能打开广阔的精神世界。美国公路文化电影里,男女青年一起开着车,看露天电影,体验形形色色汽车时代的东西,两性间的感受也是完全不一样的。人的精神世界扩大后,通过培养共同的爱好,比如一起看画展、听歌剧等,男女之间在精神层面会产生更多的共鸣,从而在人际交往中达成体谅。而文化一旦扩展,就会产生更多细分的人群。同样喜欢音乐,有人可能喜欢这样的,有人可能喜欢那样的,这样在每一个细分领域都有大片的人群,人的知音感就会增强,大家在情感里的互动也会大大改变。

人类这样一路走过来，真正做到自律、自省、自我挖掘是很不容易的。我们的成长都暗藏一种侥幸。所以，不妨真正思考一下，你以为的没有写作天赋，确实是没有天赋，还是被压制了？

大概世界上的作家可以分为两种：属于书房的和属于路上的。

活成张爱玲这样"在路上"的作家还是相当难的。

谈女性写作

女性写作者的基因形成

像简·奥斯汀这样的女性开始写作，有其时代背景，在英国，这个背景就是工业革命的发生。18世纪末19世纪初，工业革命开始，蒸汽机越来越多，纺纱等作业不需要再借助水流落差的势能来生产，工厂的选址从山间向城市转移，城市生存环境也因此逐渐恶化。在英国，当时大量的工业废水、生活污水排入泰晤士河，河水变得臭气熏天。很多有文化的贵族不喜欢在城市生活，就来到乡村，给这里带来了很多文化养分。简·奥斯汀、勃朗特三姐妹，她们都出身于乡村的小庄园主家庭。上流社会的贵族来到乡下后，把阅读会、音乐会、舞会等文化艺术形式也带来了，于是乡村的乡绅开始模仿，其中一项就是读书。上述各种文化艺术形式影响了她们的生活，女性开始一起朗诵诗歌，也开始尝试写作。我们看《傲慢与偏见》，书中就提到伊丽莎白朗诵自己写的文字。然后女作家便顺理成章出现了。

这些女作家一开始用男性的名字发表作品，因为当时女人写作还是比较受排斥的。但是她们的作品一经发表，市场叫好又叫座。男性作者的题材，是当时已经为市场熟知的漂流记、流浪记这种类型，女性写出来的内容就带着生活日常气息，有微观的细节和细腻的心理活动，写出来的内容跟市场上以往的题材不一样。简·奥斯汀的第一本书卖了几十英镑，她特别高兴。这也从侧面说明了写作可以成为女性自立、谋生的手段。而像我国历史上李清照这样的女词人，她不是靠写作来赚钱的，家里本来就有较丰厚的家底。

工业革命后，欧洲女性在文化空间里找到了自己的生存空间，她们开始写作，然后迅速地收获了一批女读者。为什么会产生女读者？柏拉图曾认为女性不适合去公众场合，女性情感细腻，进了剧场以后看到悲剧，情绪容易失控。但小说这个载体就不同，女性可以躲在自己的闺房里感悟小说的爱恨情仇，哭跳随便。所以女性读者群的出现和发展为女作家的书写提供了群众基础。广大的读者来买书，支持了女性的写作，女性作品反过来又哺育了更多的女性读者，二者之间相互推动。

女性多写情感题材，她们识文断字，走在时代的敏感处，通过写作能把女性形形色色的不幸诉说出来，广大女性也就成为共同体，有了自己的文化元素、自己的情绪共鸣，也就有了女性文化。

中国社会也是如此。在农业社会时期，女性是被压迫的；

进入新时代后,女性开始接受教育,有了写作基础;尤其当女性受过高等教育后,书写能力、阅读能力都增强了。她们可以通过写作表达自我,表达自我生命的精神探索。当下新媒体广泛发展,网络环境开放、透明,使得整个社会层面有了特别大的表达空间,投入写作的人也就非常多,而且女性本身的语言表达欲也比男性来得强。

美国曾做过一个调查,在美国社会,女性一天的单词输出量平均是3000个,而男性是1000个,男性比女性少说三分之二。在输出中,女性的语言多是情绪交换,男性多是信息交换。表现在写作里,女性的表达欲望更强烈,文字也容易有情感渲染,这是女性写作的特质。

20世纪,英国作家伍尔夫提出,女性写作的大问题是空间不足、对社会的认识不足。因为女性始终关心家庭事务,缺乏在社会大空间中的历练,难以写出像托尔斯泰《战争与和平》这样的著作。但女性的时间感很好,时间是无形的,她们在时间中写作,心理上就产生一种绵延感。所以在文学上,女性写作与男性写作有很大的互补性。

女性写作,是很不容易的。勃朗特三姐妹的父亲毕业于剑桥大学,但她们的家庭在那一代小庄园里是比较穷的。父亲是个牧师,当时牧师的收入是根据教区大小来决定的,如果你管理的教区有5000人,每个人都有奉献,你的收入就高。勃朗特姐妹的父亲恰好管辖一个很小的教区。家庭物质条件堪忧，家里女儿又多，每个女儿将来怎么出嫁，不嫁出去的话又将怎样生活，有这样的考虑，做父亲的因此就很忧愁。但是他艺术、人文、哲学的修养非常好，他对女儿们的培养是从小给她们讲故事，讲古希腊哲学，讲各种各样的文学经典，讲戏剧、美术、大历史，三个女孩子从小吸收到很多跟别的女孩不太一样的东西。对三个女孩来说，最大的现实问题是她们如何在世间立足。当时的英国法律有明确规定，女性没有财产继承权，全部财产都是男性的。如果父亲去世，妻子和三个女儿不会得到一分遗产，所以她们必须找一个男性亲戚来继承，不论这位男性亲戚与她们的关系有多远。女性如何在当时的制度下立足，是女性的生存问题，也是她们写作遇到的问题。女性出嫁了，她们要承担很多的家庭事务、规则义务，这对她们的写作有很大束缚；不出嫁，女性也不会有什么钱。所以伍尔夫总结，女性写作，一定要有一个自己的房间，还要有一点点钱。这就是女性在英国社会制度之下的写作困境。伍尔夫的丈夫也不算穷，但伍尔夫后来靠自己的版税，挣得比她丈夫多多了。伍尔夫精神不稳定，经常会发病，她的丈夫把家变成了一个小印刷厂，她写的任何稿子在自己家里就可以印成书，这让她有一种很强的成就感。

其实伍尔夫的问题也折射出我们中国现代女性的写作困

境——很多女性想写作，却困于穷困。加之现在写作的人太多了，怎么能让作品被市场认可，怎么能把写作变成一种谋生的手段？一位专业作家，其作品的市场性很成功的话，生活尚可以维持，反之，则很艰难。所以很多人是兼职写作。身处今天这个商业化环境，大家虽然不愿意写流行庸俗的东西，但表达内心的文字作品的市场又比较小众，造成谋生之难。

人人都能写，但不是人人都能当作家

文学对天赋的要求是非常高的。

有天赋的人，文字之于他，是没有枷锁的，等于他活在文字里。如果一个人有写作天赋的话，那些文字跟他就像是亲人一样，二者没有距离。

没有天赋的人写东西很符合语法，写出的内容实际上等于语文。语文有语法，有规格，有很好的主题提炼，我认为很多人都是这样写的。但真正的文学家写作是不按语法规范的，文字是性灵语言，读者也不是靠语法来理解作品；文学家能写出情绪来，有些艺术小说，标点都没有，甚至都没有一句完整的话，但并不影响情感的传递。比如普鲁斯特的《追忆似水年华》，很多地方写得混乱，但是读者能直接体会到作者纷飞的精神情绪,读完后心里有点扎痛。

一个作家,有语言天赋,这是首要的。有了天赋之后就好办了。为什么呢?打个比方,比如你想做一个商人,你就得有用钱来生钱的本事;你想做一个投资家,你必须有获得大量资本的本事。从文学的角度看,你只要有语言天赋就可以走写作这条路。语言天赋不用花一分钱,就像空气一样可随取随用,就看你有没有能力把它"变现"。当然,这中间还有很长一段路要走。

在这个世界上属于艺术范畴的工作,包括企业家,基本是天赋所成就的。有人说成功是九分勤奋、一分天赋,那是对可继承的、可管理的东西而言。做创意工作的人至少要有六分天赋、四分勤奋。有天赋,人会对这件事物生发出一种喜欢。一个人真正喜欢一样东西,不会觉得苦,他能从中体会到一种精神上的欢愉。一个有天赋的作家,他写作前有时候想好了要写什么,有时候根本没想好。好的作家是不用天天苦思冥想的,他拿出一张白纸,不管想什么随便写出来,句子带句子,词带词,文字慢慢地就像溪水一样流淌出来了。可能他自己都没想到能写这么长,慢慢地一部作品就完成了。

很多人不要一厢情愿地去当作家,因为你可能一辈子也写不出一部作品。我认识一些人,写了一辈子,写到70多岁,坚持不懈地写,但是一篇也没发表。能说他不勤奋吗?没有天赋赋能，勤奋也仅仅是勤奋，这是很可惜的，因为勤奋用错了地方。当然，如果将写作作为爱好，就是另外一个层面了。

写作是一个高度艺术化的工作。它是一种语言艺术，它与视觉艺术、雕塑造型艺术等是并列的。语言艺术最容易诱惑人，因为很多人觉得我也能写，这有什么难的，因此很多人误入"歧途"，去搞文学创作了。

写作其实是一个人的生活方式，不只是个简单的动作。川端康成在上学的时候，就写出了一定的名气。他的第一篇小说《招魂节一景》，写一个演艺团体表演骑马杂技的故事。女孩的表演本来是人人喝彩的，结果有一次她看到一位比她大一点儿、快40岁的女人在表演中走神掉下来了，于是女孩联想到自己现在虽然很年轻，但将来也会步入中年，到时候人生又该如何？忽然，女孩的心情低沉了，心态有点儿崩溃，表演时她聚神的能力也差了，差点儿出事故。当时菊池宽等老作家看了这篇小说特别欣赏，认为川端康成写出了人物的内心，气场写得很好，发现他是特别适合写作的。

川端康成这篇小说其实没拿到钱，在日本是这样的，小说发表的时候不给作者稿酬，但是如果你写得好，人家向你约稿了，那就有报酬了。

后来川端康成跟一个叫伊藤初代的女孩子相遇，两人商量着要结婚，差不多已经定下来，川端康成开始准备筹办婚礼了。一天，女孩子突然写信给他，说，绝对不能跟你结婚了，发生了一件事,现在绝对不能告诉你,暂时不能跟你结婚了。这对川端康成打击很大,痛苦失望之际,他跑到伊豆半岛游历,遇上一个演出班子,写出了《伊豆的舞女》,这部作品到现在还是经典之作。

作为一个作家,没有生活方式的支持,没有性情的外化是不行的。川端康成一毕业,他每个月写小说的收入比一般打工人都高,但他花钱是随性的。有时他看到流浪狗觉得它们很可怜,就领回家里,花很多钱养着十几条狗;有时他喜欢上一个小物件,就买一大堆回来;有时他看到好朋友,心情高兴要请人吃饭,去酒馆里点特别好的菜,吃完了发现没钱,只好再联系朋友来付钱。他经常这样任性生活,随性、不拘束,朋友也喜欢他。他当了一辈子职业作家,性格一直如此。

所以写作与一个人的性格、内心、生活方式都是有关系的。有时候我们不说天赋,说天性。写作,是要有文学天性的。有些人永远不可能成为作家。他去旅行,看到一件商品很喜欢,然后跟人家砍价,人家要250元,他出50元。这种人永远当不成作家,他缺乏一种生活的纵深感。他在买东西的这个瞬间把高兴彻底释放出来,感受到的价值也就在那一刻,买回去以后这个价值可能就消散了。如果一个人一辈子活得像个粽子,随时把自己都捆得很精细,什么时候都没打开过,那么他是当不了作家的。

如果没有天赋，还能写作吗？

可能有人就质疑了：写作是要靠天赋的，那我没有天赋，是不是就不能写作了？

很多人是有天赋的，但是可能被外界长期压制了，自己不知道。人类是最软弱的存在。我们生下来不能自立，必须靠父母，要有养育者。婚姻制度也因此慢慢建立起来，女性一定要寻找一个可靠的抚养伙伴。所以我们天性渴望依赖。在这种依赖的天性下，人会有一定的表演性，你笑的时候父母鼓励你，你就会习惯表现笑容。人类这样一路走过来，真正做到自律、自省、自我挖掘是很不容易的。我们的成长都暗藏一种侥幸。所以，不妨真正思考一下，你以为的没有写作天赋，确实是没有天赋，还是被压制了？

有的人会在多元化的信息里看到另一种生活，产生启发，也就有了自己的想法，到了叛逆期他特别想自己去探索。这种探索就暗含人类的主动性，也是我常常讲的"人的第二次出生"。很多人的叛逆是假叛逆，是本能的反应，并没有吸收到新东西，仍然有很强的依赖性。我觉得依赖性体现在两个方面：一方面是抱怨社会；一方面是啃老，靠别人铺路。现在很多年轻人希望找份安稳的工作，收入高点儿。但重要的是，你是否喜欢这份工作，喜欢才会产生主动性；如果不喜欢，只是想安稳生活，就是依赖性在主导。

有的人能从依赖性中跳脱出来，比如三毛，比如历史上第一位进入拉萨的西方女性，被西方称为"女英雄"的大卫·妮尔。

像妮尔、乔治·桑，她们都有创造性，都有探索世界的价值点。有些人想寻找新的价值观，但没有价值点，现在很多年轻人都有这样的问题，不知道自己该做什么。

所以如果你想当作家、艺术家，其实是很不容易的事。外部的刺激很重要，看到了什么东西，接触了什么人，看了什么书特别重要，另一方面也需要我们从依赖性中挣脱出来，给自己第二次出生的机会，而且第二次出生的时间越早越好。我认识很多青年作家，上初中就开始写，坚持不懈地写，慢慢地也就写得行云流水了。其实人真正要独立起步，不能晚，虽然起步晚的也有，但是很少。一个人如果35岁才觉醒的话，可能就真的晚了。

写作也要断舍离

有些人通过写作获得了一定的社会空间，但又觉得写作不能养活自己，转而又去做别的了。我们可以从两个层面理解：

一方面，我们除了要顺从自己的天性，有时候还要做出一些其他的尝试和努力，这个社会能与你产生共鸣的人很多，其他方向的试探可以链接更多的社会资源；另一方面，我们需要进行生活的断舍离。作为一个作家，一个手提箱就能把自己的全部装进去。张爱玲晚年在旧金山到处搬家，几个箱子拼起来就是写字台，床也没有，就一个床垫子扔在地上，个人世界一身轻，这是断舍离，也是极简生活。

很多人写作都有点儿需求，希望生活有点儿情调，需要一定的环境，要有这个有那个。其实有也可以，没有也行，没有的话留给精神空间的余地也就更多了。理查德·耶茨写《革命之路》时，他在波士顿的房子里只有一个很旧的冰箱，里面装了一些啤酒，一个特别简陋的写字台、一张非常简单的床。记者去看他时，惊讶于他活得这么简单。满地都是被耶茨踩死的蟑螂，而他也懒得打扫。就是在这样一个环境下，耶茨写出了《革命之路》。女性写作在这方面不容易，她们对环境的要求还是比较高的，要有自己的居室，有一点儿温暖自己内心的东西，等等。我曾读到过一本冰心的散文集《拾穗小札》，1964年出版，封面素淡。里面有一篇，写她到俄罗斯访问，看到当年列宁藏身山林，在一个树桩上写出了《国家与革命》时，自觉十分惭愧，说自己写作时一定要窗明几净，在暖馨的书房里才安心。大概世界上的作家可以分为两种：属于书房的和属于路上的。活成张爱玲这样"在路上"的作家还是相当难的。

人有时候要对自己的生活状态做一些有益的调整，人需要奋斗，不要想着让人生的一切都符合自己的舒展度。其实我们在这个世界上无非是协调两个关系：一个是和自然的关系，另一个是和他人的关系。自然这部分我们有可调整空间，比如和居室的关系——我可能现在住在一个瓦房里，下雨时还会漏点儿水，但是如果生活需要我这样生存的时候我能住下去，腾出最大的资源空间来写作。另一个是与他人的关系，我对他人有多少期待，我的生活和他人的生活有多少距离，这是需要考虑的。尽量简化与他人的关系，给自己腾出一个自由空间来，这样你可以放弃的东西就非常多了。作家要有一种随时可以变化的自由，当外在需求妨碍文学自由时，就需要给文学让路，简化外部的东西。

这种究极的追求是比较难的。对于女性作者，难就难在女性更渴望生活的安全度、追求舒适感。大作家托尔斯泰的夫人修养特别高，钢琴技艺高超，而且特别有人道主义精神。晚年的托尔斯泰觉得自己生活得很罪恶，自己的庄园还存在农奴制，有那么多奴隶。为了追求他所谓的托尔斯泰主义，他希望自己穿上粗布衣服，把庄园让给穷人住，过最普通的生活。他夫人觉得丈夫这么想太好了，觉得他真有怜悯世人的普世情怀，但是她却不允许托尔斯泰这样做，因为孩子们还要弹钢琴，还要学艺术。理想是理想，若要落实到实践层面是绝对不能的。最后托尔斯泰愤然离家，冻倒在一个小车站旁。那时他已经完成了《战争与和平》,有了那么多伟大的作品。

托尔斯泰妻子的立场我们也能理解。女性考虑群体,更在乎自己家人和孩子的将来,所以女性像狮子。而男性是孤独的,像老虎,男女有这样的区别,所以女性在写作上更不容易。

我们为什么相爱相杀

相爱是存量，相杀是增量。"杀"的质量高不高特别重要，能"相杀"的人肯定是看到了对方的价值。

两个人结合在一起最好的一种形式，就是看到了对方非常有价值的、自己非常认同的部分。

其实爱上一个人就是爱上一种生活。

喜欢一个人，跟他在一起，你要看他到底在干什么，他在建设一种什么样的生活。爱情是两个人一起去建设一种生活，两个人都是生活的建设者。

女性的解放与困境

这个时代,由于社会生活多样,情感方式也是多样的。在今天,一个人面前有三种选择:一是一辈子像传统父辈一样,跟一位异性度过一生;二是跟一位同性在一起,这也屡见不鲜;还有一种是一生跟自己在一起。不是说谁单身就没有爱了,相反,这表示人在社会里有一种深深的爱的标准和期待,只是一直没有相遇或者错过了,最后一个人生活。

两性在一起,经历了很大的历史变化。退回去200年,19世纪20年代,那个时候为什么会出现一些很不一样的女性,而且都是单身?像简·奥斯汀、勃朗特三姐妹,其中除了写《简·爱》的夏洛蒂·勃朗特结了婚,其他几个都没有像大多数人一样选择跟一位异性在一起生活。这是由于工业革命后,社会变了,以前的社会没有女性的生存空间,她只能从父母的家到另一个男人的家,女性没有任何自我生存的空间,所以不可能有独立性。社会仍然是男性的社会,女性是附属。这种情况在工业革命后大不一样了，煤矿、纺织厂、小学校，形形色色的行业发展起来，这些新的经济活动、文化活动释放出来的空间，对女性来说是前所未有的广阔。

女性第一次得到精神解放，是从文学里。之前，女性在自己狭小的空间里充满了压抑感，后来有女性作家写小说，她们很懂女性读者的心情。当时很多女性拿一本小说，门一关躲在房间里，读得又哭又笑，非常恣意。但是200年来，男性没怎么变，还是社会权利的拥有者，而女性的变化太大了。这种变化，让男性面对女性时，有一种无措感，他们难以理解，难以接纳，感到非常不适应。所以，近代以来，爱情变化最大的要素就是女性的变化，而很多男性没有跟上女性的思想转变。工业革命以来，男性的进步远远赶不上女性。

女性独立了，成长了，但仍然有困境——没有自己的文化传统。男性理性，讲辩证法，讲逻辑，这是他们一代又一代的积累，男性在精神空间里积累出了自己的逻辑、自己的原则、自己的价值观，那是非常漫长的过程。但是女性没有这种积累，很多时候她们都是靠自己的直觉、自己的情感和愿望去开辟生活。古希腊人说，明白你自己、认识你自己。但对女性来说，认识、明白自己，在现代社会里非常难，但这正是女性奋起直追的理由。要知道，从那个漫长的探索过程来看，女性文化比男性文化晚了几百上千年。所以，要打破这个逻辑，就得靠一些勇敢的女性，像乔治·桑，她采取了一种简单的方式——反叛。穿男人的衣服、抽烟,一切行为跟传统女性的对着来。很多现代女性都是从反叛性开始,建立起自己新的起点。

  在男女关系里,男性、女性都面临着很大的难题,但女性更难。比如女性的生活细节,从穿裙子发展到穿裤子,这件事对男性来说,太无聊,没什么价值,穿什么都可以。但是对于女性来说,她们走过了漫长的抗争之路。工业革命后,女性走进纺织厂,她们工作时需要换上工装裤,因为机器运转很危险,穿着裙子不行,但是一下班她们又要马上换上裙子,因为在当时的社会视角下,女性穿裤子是特别淫荡、色情的事情,所以不能穿裤子,只能穿裙子。长裤的"合法化",一直奋斗到20世纪60年代,那时的服装发布会才第一次有了女性长裤系列,这个过程的艰难程度可想而知。女性从简·爱开始争取恋爱的平等性、精神和精神的对话,到1992年,女性开始争取单身的权利。当时美国一个黑人女性给一个白人参议员当助手,竞选的时候,她站出来揭发参议员对她性骚扰,但整个美国的政界、文化界一律不相信这个女人,不是因为她的证据不足,而是说她是单身,她的话不可信,觉得她是性幻想、性自虐。这惊呆了美国社会,由此女权主义开始转向,第一次把女性争取的目标变成了女性单身的权利。那一年被命名为美国"女性年"。

相爱相杀源于人性的复杂

为什么今天男女在一起会产生相爱相杀的问题？其实是因为人性是复杂的，没有任何一个单纯的好人，没有任何一个单纯的坏人，也没有我们一言以蔽之的"一个人"，每一种时代变化、每种生活都给人留下了印记。所以一对男女相遇的时候，什么地方合，什么地方不合，已经不是简单的王子和灰姑娘的故事了。一个人身上有特别美好的部分，也有很复杂的部分，然后他和另一个既美好又驳杂的人相遇，两个人身上所携带的不同的文化要素、不同的生活经验，如果正好契合，两个人便在一起了。但这并不意味着两个人都美好，他们身上美好的部分能不能在相遇的时候叠合起来、释放出来，变成生命的再发展呢？

反过来有一个问题，两个人身上都有比较黑暗的部分。每个人反思自己的时候，会发现自己身上确实有大量的局限、盲区，甚至也有很残酷的一面，有些是成长带来的，有些是天性带来的。在过去男尊女卑的时代，男女之间的很多差异释放不出来，但在现代平等的条件里，很多东西都释放出来了。

今天男女相处的情况非常不一样了，"杀"的部分，也就是相互不适应的部分，质量高不高特别重要，能"相杀"的人肯定是看到了对方的价值。若只是单纯讲感情不讲其他，这种感情的含量、内涵是比较浅的。两个人结合在一起最好的一种形式，就是看到了对方非常有价值的、自己非常认同的部分。比如说，这个人很朴实，他很喜欢旅行，喜欢拍照，喜欢写作，正好跟自己相合，自己也认同这种生活。其实爱上一个人就是爱上一种生活。一个人最可悲的就是一辈子没有生活过，一辈子都在追逐生活的条件，要挣钱、要大房子，虽然最终得到了，一辈子的时间也过去了。真正的恋爱是两个人共同打开生活，在对方身上看到自己非常喜欢的生活。

但生活不是天上掉下来的，而是去创造的，为了创造美好的生活，你的一切资源都要有非常好的配置。我们看一个人的时候，仅看他的资源怎么配置，就知道他的生活有没有重心、有没有方向。所以喜欢一个人，跟他在一起，你要看他到底在干什么，他在建设一种什么样的生活。爱情是两个人一起去建设一种生活，两个人都是生活的建设者。

有的人非常重视存量，一个人有学位、聪明有钱，跟你一点儿关系都没有，那是他以往的，属于你们两个人的东西在哪里，你们俩能创造出什么，这才是最重要的，是别人替代不了的。

相爱是存量，相杀是增量

在这个世界上，相爱有一个基本规律——互相说真话。世界还有个规律，凡是赞扬你的话，一百句有九十九句是虚的，而在批判你的话里，一百句起码有八十句是真的。但是大多数人不喜欢别人的批判，其实批判很珍贵，真心对你的人才批判你。亲密的、相爱的关系，彼此之间百分之百敞开，如果其中一方说出"相杀"的话，这种心意其实是很珍贵的，你可以把它当成一种爱来体会，它是对你生命的创造。一份爱情里两个不同的生命，能看到对方，体会彼此的成长性、价值点，这种所谓的"相杀"，是一种对生命特别的珍惜。即便有时候社会可能不肯定他，但是你能肯定他，在一个最基本的判断上，你对他有强烈的支持，又能给他一种特别强烈的督促或者是批评，这样对人的推动性特别大。

美国作家霍桑明明是作家的材料，但他年轻的时候偏偏热衷政治，去当公务员，还去竞选，后来美国新总统上台，行政系统换人，他被赶回家了，垂头丧气。妻子看着他，笑眯眯地说：回来了，太好了！霍桑说：好什么好，以后靠什么生活呢？妻子说：你早该回来了，我早知道你是个作家，你还在那里折腾，回来就好好写作吧。霍桑说：生活怎么办？没钱。妻子说：我早知道你会这么落魄地回来，以前挣来的钱我都省着,下面几年你只管写作,钱够用,但你不能再像以前那样自己不明白自己。霍桑一听觉得妻子不简单,回归写作,写了半年。一个原来认识的出版商路过他们家,问他回来后在做什么,霍桑说在写东西,这就是后来霍桑的代表作《红字》。

所以两个人在一起,是互相增加能量、互相增值的,而不是跟社会比功利。两个人合力能长出一种新的东西,在这个过程中,两个人互相之间的那种温暖、信任,已经在精神上合成一个共同体。

人与人最大的价值是差异。传统社会是集体、家族构建的,你能合群,能遵守普遍规则,你就是优秀的,那个时代讲究模范标本,人要像螺丝钉,放到哪里都符合标准。今天的社会不一样,一个人之所以有价值,因为他跟别人不同,不同才有交换性,不同才凸显你的独特价值。一个人就开出一朵不一样的花来。

爱情不是方舟,人应该追寻更大的精神空间

世界上的人可以分为两种:继承的人和创造的人。

选择继承的人安心继承,世俗的一般标准,比如考个好大学、找份好工作,这是能通过努力达到的,生活的目标和路径

都很清楚，勤奋劳动，抓住机会，然后在整个社会的基本面里尽量过得好一点儿。

创造的人是要在现有体系之外创造另一种价值，打开一片空间，拓展一片新的精神世界。如果你想过这样的生活，最重要的是过程，而不是目标的实现。这就是《堂吉诃德》珍贵的原因了，它在2000年被评选为世界文学史上最优秀的作品。人类精神深处是渴望自由、渴望创造、渴望走新路的。

堂吉诃德跟常人的行为规范不一样，他是反着来的，60多岁了突然像个少年。一个老人，已经没有多少力量的老人，一辈子读骑士书，最后化为行动，拿着破矛，戴着破盔，骑上老马，走出家门，像个疯子一样，面对世界还敢飞蛾扑火般地冲上去。

堂吉诃德最宝贵的地方在于他活出了一种从内向外的生活，活出了生命的唯一性。堂吉诃德勇敢地将自己的梦想付诸实践，这种走出去的勇气和行动就是一种从内向外的生活。太多的人一辈子只看到自己，局限在自我中，不会走出去看周围和这个社会，不会判断自己的生活，我们什么时候才能像堂吉诃德那样，坐在山坡上议论自己、看自己？一旦这样的话，所谓"相杀"也就不是"相杀"了。自由的生活有个特点，就是把自己变成社会的一部分，不完全属于自己。我们在这个社会上一生的使命就是给社会探索一点儿新东西。越是这样的人，他的情感就越不容易被那些外在的标准衡量。

如果我们自觉地走上了寻找自由的道路，这时候必然与外界有交互，一个人身上的复杂性往往就在探索过程中释放出来。在《走出非洲》里，凯伦离开肯尼亚时，只带了恋人丹尼斯的几本书，其余全部舍弃，但是她一路上经过了那么多的风风雨雨，内心是丰裕的。一个人活到70岁时回想自己的一生，走过的路、经历的心情、形形色色的相遇，如果内心承载了这个世界的细节，你会发现很多传统以为苦的东西其实是幸福。

我在日本工作的时候，有一次去参观位于岛根县松江市的一个文人故居。那个地方有点远，我一大清早从冈山坐第一班列车出发。隆冬腊月，一路上河水冰凉，闪着寒光，一两个小时后，群山上终于露出一点点的红，远处的阳光照着山峰，那红一点点往下移，山谷里的河流开始泛白了，巨大的光一点点在移动，生命在苏醒，有的地方有炊烟袅袅升起，这个时候，我发现自己是多么幸福。大家都还在沉睡中，我已经跟这个世界相看了，大地是那样一点点地打开、苏醒。

以前夏天时我会在上海外滩坐一个通宵，发现原来外滩通宵不断人，夜深人不多但不会断，早上的霞光慢慢从东边升起，巨大的楼影倒映在江面上，非常漂亮。这里白天不准骑车，夜里我骑车在南京东路，感觉像骑在峡谷里，置身梦幻世界一般。天刚蒙蒙亮，在狭窄的巷子里，居然已经有一些人喜笑颜开地出来经营。这些人是从浙江西部的山上来上海贩卖石榴的,她们早上把石榴擦得锃亮,然后放在担子里,走街串巷。能在城市里看到山里的景象,真好。她们一看我拿着相机,就说,赶快拍我们!一个个笑得特别开心。这就是人间关系。有的人活了一辈子没有建立起真正的人间关系,都是那种等级关系,人生活得太窄了。

在现代生活里,两个人的感情都是这样一路走来形成的。爱是爱他的生活,两个人愿意生活在这样一个空间里、精神里,感情是由此衍生出来的,不是一下子就能够建立深厚的感情。

爱情的一个基本要义是,放不下。为什么要结婚?就是因为你爱这个人,如果你不跟他在一起的话,你就不知道他的未来,他以后会遇到什么,所以你心里特别放不下,这个时候你唯一的最好的选择就是跟他结婚,共同度过以后的岁月。

今天我们这个时代是一个很复杂的时代,有点像20世纪20年代的美国,菲茨杰拉德写《了不起的盖茨比》的那个时代。那个时代最大的特点是人的失根。当时的美国,很多人出于求学、求职各方面原因离开家乡,来到大城市,他们到处迁徙,所以对原生的土地产生了情感断离;另一方面,他们在成长过程中,听到很多古老歌谣,爵士乐开始流行,接触很多古代的史诗、神话,尤其是爵士乐里面混杂的成分,既有古老神话的永恒性,又有随意性,所以这时候的人显得很矛盾,人的想法里既有过去时代思想的遗传，又有面向未来追求个人自由的期待，人活得就像两个人。今天很多中国人身上活得就是两个人，甚至三个人，很累很累。现代人为什么觉得纠结？如果没有双重性、多重性，就没有纠结。

所以在这个年代，很多人就希望对方能给自己减负，爱情本身就变成了一个方舟。往往正是这种急迫性容易使人选错人，把一个人放大。可能这个人本来跟你不合适，但正好跟你的需求、你的孤独、你的焦虑等等产生联系，恋爱和婚姻变成了一种解决问题的方式。这就是今天的人普遍存在的问题。

我们这个时代有一个巨大的主题，就是痛苦、生活的不完美，所以我们今天的人生观、哲学观全都要变。很多人对爱情的体会，都是在痛苦中领悟的，不经过痛苦，完全不明白幸福是什么。这种试错的过程，对我们今天的年轻人而言是特别宝贵的，不要怕试错，不要退缩，你没有办法保证什么都是好的。今天中国这一两代人甚至三代人，其实过得都很艰难，别看物质生活提高了，下一步更痛苦，精神的痛苦远远比物质的匮乏更厉害，所以打开了现代生活的主题——孤独、人的异化感、孤立感、漂流感。

单身其实是一件光荣的事

现在单身独居的人越来越多,这是很光荣的。其中的意义是什么呢?中国古代缺乏个体文化,每个人都处在家族里。西方文艺复兴,特别是大航海时代之后,很多传教士、探险家、考古学家等都跑出去了,他们没有拖家带口,而是独自一人出去建立起个人价值,独立地、探索性地生存,这种现象和西方国家的文化有关系——他们的文化更注重个体,以个人价值为核心,强调的是个体和上帝,而家庭和父母居于次要地位。

我国不同于此,我们注重的是集体、家族,弘扬一种宏观的、"大"的价值观。事实上,我们也需要个人的独立性、自由感、探索性,但是在经济还不是很发达的情况下,我们的个体性消融在了日常生活的柴米油盐里。现在有一批年轻人因为精神文化等因素而单身了,其实是给整个民族打开了另外一种可能性,即"在这么大的群体里如何探索独立的生活、建立独立的价值",他们不仅是为自己,也是在为后代开路,如果有三代这样的人,就会形成一股很大的社会力量,他们可以自由地选择结婚或不结婚,不管做出怎样的决定都能过得丰富多彩,而现在我们的历史记录里看不到单身人的生活的丰富多彩性。当下的这一批年轻人正在通过音乐、旅行、创作、媒体等方式寻求丰富性，践行一种很艰难却具有独特价值的生活。这种生活的构建如果仅仅靠一个人的努力可能是短暂的、昙花一现的，但如果是大群体共同搭建，情形便大不相同了。

单身生活或者说独自一人的生活是一种能够发掘内在自我价值的、具有强大精神成长力量的生活，而我们的历史传统中缺乏这种经验。所以，虽然现在年轻人生活得很艰难、苦涩，但他们是在造福后代，为后代探索一种全新的生活。以前农业社会的生活方式是代代相传的，如今，从这一代人开始，物质生活的比例下降了，精神文化生活比例上升，年轻人不断拓展生活的趣味性，挖掘新的生活价值，在几代人这样的努力下，我们终将完成这件事情，形成和西方不一样的中产化——西方的中产化是在工业环境下进行的，特点之一是"大批量"，比如美国城郊有大批房子，中产阶级每个人的生活都大同小异；对于人口基数更大的中国来说，如果每个人都具有探索性，我们更有可能创造出很多种不一样的生活，给人类社会带来新一次的变革。

所以，每当我看到社会上单身的年轻人过着充实的生活时，我就特别佩服他们，那是真正地在为社会的发展"以身试法"吧。年轻人这样做的价值很高，现在中国有14亿人口，在这样庞大的人口数量之下，哪怕一部分人选择不结婚也是可以的，国家甚至可以尝试设立专门的单身补贴，而不是一味地鼓励所有人结婚。面向单身人群，国家可以开展一些相应的温暖和鼓励性质的活动，比如提供创业帮助，在公共空间中建设"单身空间"，建立更多24小时营业的超市、深夜书店、深夜食堂，鼓励夜经济的发展等。这些做法不仅会给"寒冬腊月"依然在外游走的单身年轻人提供一些"落脚点"，也会形成一个生态链，创造巨大的经济新增长点的同时，这种开放性也会为更多有趣、独特的年轻人提供多元发展的机会。所以，社会需要朝着这个方向做出更多的行动。

鼓励单身的同时，随之而来的是一个我们讳莫如深的问题——性文化的转变。

美国单身人士众多，但他们中的很多人都有性伴侣，日本也比较性开放、性自由，对于当下的中国来说，这是一道很大的坎，我们也无法预判未来的情况。如果中国的性开放程度变高，很多年轻人可能会更加不愿意结婚，因为他们拥有足够的自由了。80后这一代人还比较顾及别人的感受，做事时会考虑对他人产生的影响，90后、95前这一代人已经稍微发生了变化，而95后生长在环境、信息都发生了巨大变化的全球化时代，他们在做事时或许更看重自我需求和自我价值的实现。但是在很多方面，95后依然会顾及父母的看法，比如，在选择恋爱或结婚对象时，如果父母不喜欢，他们就会有压力、纠结和顾虑。不同于西方，我们这代年轻人身上并存的注重自我感受和保持传统善良观念两种特质，使很多问题变得矛盾、复杂起来。

谈爱情

"他们必须用他们整个的生命、用一切的力量，集聚他们寂寞、痛苦和向上激动的心去学习爱。爱的要义并不是什么倾心、献身、与第二者结合，它对于个人是一种崇高的动力，去成熟，在自身内有所完成，去完成一个世界，是为了另一个人而完成一个自己的世界，这对于他是一个巨大的、不让步的要求。"

——里尔克

相爱路上，一定要抓住决定性的瞬间

年轻一代，到底应该有一个怎样的未来？

我们提倡三思而行，但一件好的事情，往往一思就犹豫了，二思更迟疑，三思就放弃了，所以人完全没有活出自己真正的样子。希望我们新一代的人有生而为人的生命的连续性，在他的儿童、少年、青年、中年、老年各个时期，都能活得很真实，是一个由内向外生活的人，而不是由外向内、活在别人眼光里的人。

我们的生活中，太多人放弃了太多次本可以改变整个人生的一瞬时机，但也有很多没有放弃的人，这样的人是让人难忘的。

而细化到爱情领域，在相爱的深情里，人一定要紧紧地握住那一瞬——人生中决定性的那一瞬。

我考入复旦大学时，全校总共五十几个留学生，都是来自欧美和日本。当时学校有个学习制度，就是要选一个中国学生和一个外国学生住在一个房间，外国学生在这里学习多长时间，你就跟他住多长时间，一般也就是一年，最长两年。这样彼此可以互相交流、互相学习，外国学生可以很快地学习到中国语言和文化。我当时跟一个美国人住在一起。

有一次学校组织活动到上海的国棉六厂，一位年轻的女共青团员、先进工作者带领大家参观。美国留学生里有个男生，中文名字叫陶明龙。他一看到这位女生，眼睛就发亮了，直呼这个姑娘太可爱。

男生看到可爱的女生，经常心里想：哎呀，这个女生太可爱了。但实际上他可能就是感慨一下"太可爱了"，然后什么行动也没有。但陶明龙不一样，他开始想方设法跟她说话，跟她要联系方式，表现出了特别坚定的意志。最后，两个人谈了恋爱，但陶明龙远在美国的父母坚决反对，对他表示：如果你要坚持，从此断绝你的经济支援。面对这些困难，陶明龙还是不放弃。离开复旦大学的时候，他们两个人结了婚。当时，他们连回美国的飞机票都买不起。后来两人去了香港，在码头钉箱子打工，干了半年就为了挣出回美国的飞机票钱。最后他们在一起生活得非常幸福。在爱情里，人最初动心的那一瞬间往往具有真正的决定性意义，能最终建立起一个非常幸福的、有价值的生活。

在上海，有一家在年轻人中非常受欢迎的咖啡馆——鲁马滋咖啡馆，它有三家分店。这家店是怎么来的呢？一个上海姑娘去日本留学，认识了一个日本男青年。大冬天，两个人走在东京街头，忽然闻到一股非常芬芳的气息——来自咖啡馆。就那一瞬间，这个姑娘心里涌出一种强烈的愿望，跟男生说：这样吧，我们一起去上海，这辈子就开一家咖啡馆。男生对咖啡一窍不通，女生其实也不明白。但是男生抓住那一瞬间说：好，我们去。

回来以后两人坚持用最高标准来做咖啡，做得特别好。后来我跟他们一起把咖啡馆做成了一个电影主题咖啡馆，很有特色。他们两个人的生活，就这样通过做一件彼此都喜欢的事情建立起来了。而这源于当初那一瞬间的决定，所以我觉得爱情本身，有时候就是在那几秒钟决定的。而我们很多青年没有这几秒钟的领悟。

我想起《海上钢琴师》这部电影，1900的一眼之缘，他在那一瞬爱上一个姑娘。那个姑娘在纽约，他就坐船到了纽约，走向甲板。他的前半辈子没有离开过这艘船，他是个孤儿。当他走下甲板的时候，大家都看着他，很开心地目送他，但他突然停住了。因为纽约太大了，他要找的这个姑娘在哪条街都未必清楚，他要尽力去开始新的生活。这一切都和有可控性的88个键的钢琴完全不一样。他交付的未来有大量的未知细节，这些细节都不一定是他能够承受的。这使未来变成一种恐惧，一种极大的阻挡和压力。这部电影非常值得一看，它不仅仅是个浪漫的、孤独的、悲怆的故事。

时代复杂，怎样抓住瞬间

在这个时代，我们每一个青年既要追求爱情，又要面对无限复杂的世界。我们不像我们的前辈面对的是一个可知的世界，尽管辛苦，尽管艰难，但是只要肯付出、奋斗，他们心里是踏实的。但是我们的新青年面对的未来是茫然的，是一片未知的岁月。这时候，年轻人既要承担爱情，又要承担未来，就太难了。所以1900最后回去了，退回到自己的88个琴键里，回到可控、可知的生活中。

今天的青年，面对这种复杂性，如何去爱，如何去创造自己的生活？1900知道自己的悲哀，他说：我已经与这个世界擦肩而过了。但是今天我们的年轻人没办法和世界擦肩而过，于是深陷困境。

2020年，我国20—34岁的年轻人有2.9亿，这么大一个群体，他们的未来在哪里？这是个很焦虑的现实问题。怎么发现自己生命的决定性瞬间，再从这里出发，拓展我们的生命宽度和深度？现在的青年内心特别矛盾。

今天的社会是个"文明三明治"，我们的爷爷奶奶是在农业社会里那种淳朴和勤劳的环境中成长的；父母可能是在工业时代成长的，改革开放、讲绩优、讲绩效、大批量生产；而我们又活在后现代社会，网络化、大数据、人工智能……这三个夹层之中，现代的青年，按道理说应该是活得更自由。我们的城镇化率从1978年的19%发展到2021年末的64.72%，这是一个非常大的跨越。人可以不停地穿梭在三种文明之间，我们的生活本该更自由了，但实际上我们更彷徨、更焦虑了。

我很喜欢杜瓦诺的《维尔旅馆前的接吻》这幅照片。杜瓦诺是著名的贫民摄影师。照片中的两个年轻人在巴黎街头，在维尔旅馆前接吻，但是这幅照片并不令人愉悦。第一眼看上去，照片表现的气氛是浪漫的，但是仔细体会你会发现照片的焦点是路人。

现代社会，城市的意义就在这里，大家都匆匆而过，互不关注。那种人际关系的介入感、相互的嵌入感、制约感，在城市的新文明里消失了。这两个人可以在城市街头接吻，在神情淡然的行人前接吻。这个吻是自由的吻，无关他人。如果他们是在一个村庄里，那就不得了，但这里是巴黎，所以他们拥有这种自由。这张照片给人最大的感觉是沉痛，因为太多人放弃了这种自由。我们要不要接这个吻，都是要看周边：别人怎样,朋友怎么样,父母怎么样……活在别人的眼光里。

这种矛盾性是我们今天的普遍状态。我们拥有自由,但是又不实质拥有它,它近在身边,却拿不到。所以我们中国青年普遍地面临"一步之遥的问题"。观念上跨不过去,虚妄的恐惧统治着自己,这造成很高的心理门槛。这是因为历史转变得太快,我们的身体在城市里,灵魂还在乡村。这是我们今天的时代矛盾同自我的尖锐对立。所以抓住这一瞬对我们当下的青年来说太重要了。

瞬间的决定来自对生活的体认

历史上有很多抓住那一瞬的人,也有很多放弃那一瞬的人。电影《成为简·奥斯汀》中,简为什么在跟人私奔的路上放弃爱情了?因为她看到一封信,那一瞬间她发现,跟他走的话生活太艰难,这个男人会因为私奔而失去他将要继承的一切,还要负担很多家人的生活。尽管简是优秀的人,但是这样一来,将来就没有好的条件去写作了。于是她又回到自己的父母家,一辈子没有结婚。

英国著名作家伍尔夫说:写作的女性需要什么呢?一个属于自己的房间,还要一点点钱。后来,她在剑桥大学演讲时,有人问她：你说的那一点点钱到底是多少？伍尔夫说：500英镑一年。当时英国普通工人一年的收入也不过八九十英镑，500英镑，是相当高的收入了。

所以，人在这一瞬的放弃，来自我们对生活的定义、理解，以及条件性的限制。对于居住和生活环境，我们不再像老一辈那样，有缝纫机、自行车、钟表再加一个收音机就满足了。现在谁会愿意这样生活？

我们生活的未知是个什么呢？未知就是一个老虎。大家可能都看过《少年Pi的奇幻漂流》。Pi刚开始遇到海难的时候，小船上就有这只老虎。他想把它赶走，因为我们的生活一定要排除生存危险。但是后来他知道了，没有这只老虎，自己早就丧生大海。

如果他在茫茫大海上毫无希望，每天耗散自己的渴望和精力，那他的生命早就枯竭了，但是因为这只老虎的存在，他有了生存的斗志，他和它互相警惕。最后，老虎掉在水里爬不上来，可怜巴巴地望着他，Pi在那一瞬，理解了彼此生命的依存性。

在这个世界上，一个青年要发展，无非就是三大步，没有特别的条件，不可能很快就认识到这三大步。第一，认识世界，一定要多游历，多打开生活；第二，认识自我，自己在这个世界上能做什么，上限能做到什么，下限能做到什么，找到自己生活的定位；第三，认识生命，这个世界由万事万物共同组成，不只是自己存在，也要认识到世界生命的一体性。

人要从爱一株植物开始，才能爱生命，才能拥有真正的生活。

Pi就在这一瞬间，理解了太多的东西，他跳出了那个π。我们一般人的生活在3.14范围里，最多到3.1415，这是π的基本约定，然后就可以处理生活了。但是Pi在这个地方跳出了常规，他达到了3.1415926535的程度，可以达到10位。为什么电影中他在黑板上写出成千上万行的π？他不是活在3.14的范围里。

所以，人要通过"一只老虎"认识生活，有时候要排除的东西恰恰是最珍贵的。

小说、电影中的爱情瞬间

有一些电影表现得很浪漫、很美，但是仔细体会，我们会发现电影展现出来的确定性。日本电影小津安二郎导演的《麦秋》里，纪子28岁，非常漂亮，人家给她介绍富翁家的阔少，她都不愿意去见，但是最后她答应嫁给一个带着小女孩的医生——她哥哥的同学。为什么呢？因为那个人的妈妈向她说自己有个愿望：希望纪子能做自己的儿媳。这位妈妈只是单纯地将其当作一个愿望,她根本不敢相信会实现,因为不相信,所以才敢说出来,然而纪子就在这一秒钟答应了。

这是1951年的作品,战后日本精神一片溃败,旧的信仰溃散了,新的信仰还没建立起来,整个家族社会在瓦解。虽然面对的是一个如此纷乱的世界,但纪子在瞬间感觉到跟这个男人在一起会幸福。男人的妻子死去多年,他一直在怀念她。纪子感觉到他内心的真诚,所以愿意跟他在一起生活。男人要离开东京去东北部的一个新医院当医生了,那儿环境很艰苦,但是纪子说:我不怕吃苦。在那样的时代,只要不怕吃苦,就可以面对生活。我们现在的青年也可以向下兼容传统的生活,极简、自然,只要不怕吃苦。

电影《洛丽塔》中,亨伯特第一眼看见12岁的洛丽塔就爱上了她。因为她复活了他记忆中的"小仙女"。"小仙女"是他懵懂少年时期失去的初恋,他一看到洛丽塔就想起她。在心理学上,这是一种光环效应,一种积极错觉。但是他的时间维度是向后的,他自认为找到了自己的理想,但这其实是一个虚假的理想。所以到最后,当洛丽塔慢慢长大,跳出了他原来的臆想时,悲剧就来了。

这种确定性实际上是在自己的虚构里实现的,最后必然使人生陷入一片虚空。

在爱尔兰作家科尔姆·托宾的小说《布鲁克林》里,爱丽丝爱上管子工托尼,但是她始终没有给这份感情下结论。

有一次约会，她早早地来到约会地点，一个人跑到二楼，想看一看托尼来的时候如果发现她不在会是什么表情。结果她看到托尼因看不到约好的人在哪儿而非常慌张。就在那一瞬间，爱丽丝觉得很心疼，她看到托尼脸上的惶恐无助，她觉得是因为自己不给他确定性，他才会有那种悲伤、无依无靠的感觉。所以，就在那一瞬间，她快步跑下去，跑到托尼面前，两人走到一起。

爱丽丝身上瞬间的体悟不是凭空来的，她不只是心疼，而且是基于爱尔兰人悲惨的遭遇。19世纪40年代，爱尔兰的土豆大面积绝收，但是英格兰对爱尔兰的税收还是不减，爱尔兰人大量地逃往美国。当然，爱丽丝的时代不是19世纪，而是往后的20世纪50年代了。但是爱尔兰人内心深处的飘零、坚韧、深情，都鲜明地体现在爱丽丝身上，她从爱尔兰小镇来到大都市纽约，精神深处保持着非常淳朴的特质。她对爱情的认定受此影响，面对托尼时，内心非常喜欢他热情洋溢的劳动性。

生活就是这样：有时候，生命一瞬间释放出的最温馨的底色，温暖了我们的人生。

我刚才讲的故事里有悲有喜，但是有一种绝对是毁灭性的。在哈代的长篇小说《德伯家的苔丝》里，苔丝到富人德伯家去，德伯家的长子亚力克要勾引她，她并不喜欢这个男人。

在和女工一起回家的路上，同行人说粗俗的黄色笑话，苔丝非常不满，脸色很难看，那些人看出来了，就觉得苔丝看不起她们，于是故意攻击她、辱骂她。这个时候亚力克骑着大马过来，请苔丝坐到马上。此时人内心深处的虚荣、相对的优越感开始发挥作用，在这之前，她绝对不会上亚力克的马，但是这一次她上马了。亚力克骑着马带着她乱绕，最后将苔丝带到树林里诱奸了她。苔丝一生的悲剧，就在这一瞬间形成。

马尔克斯的长篇小说《霍乱时期的爱情》，写出了青年在一瞬间暴露的灰色自我。有时候我们觉得自己是一个非常浪漫、有诗意的人，但实际上不一定。因为你成长中日积月累的经验，很大程度上决定了你的潜意识。在这部小说中，20岁的男孩阿里萨和16岁的女孩费尔米娜相爱，但女孩的爸爸把她带到远方去躲避这份爱情。

两年以后，这对情侣在市场偶然相遇，阿里萨猝然说：戴王冠的女孩怎么会来这个地方？这一瞬间的一句话毁灭了费尔米娜的爱情，一刹那间她不再爱他。底层少年阿里萨爱上富裕人家的女孩，这是思想上的跨越，所以费尔米娜很喜欢他，觉得他有勇气。但是没想到这时的一句话把阿里萨潜意识中的阶级意识和卑微感说出来了。我们人的矛盾性就在这里，尽管阿里萨能够勇敢地追求爱情，但他内心深处还是有无形的自卑感。所以当他说出这句话时，费尔米娜对他瞬间失望,立刻跟他绝交,她在写给他的绝交信中说,所有的过去"都是幻觉"。

有的瞬间在强大的文化冲击里,会让人有一种前所未有的发现,击破相爱的幻象。在英国作家福斯特的长篇小说《印度之行》里,年轻姑娘阿德拉到印度去看她的未婚夫,她觉得他很好,尽忠尽职,长得很帅,是个理想的结婚对象。这也是现在我们的青年情感中存在的一个普遍问题:不是把对方当作爱情对象,而是婚姻对象。很多年轻人尽管是在谈恋爱,实际是在谈婚姻,脑子里想的都是成家需要的各种标准,精神情感的东西没有得到释放。

阿德拉后来对自己的未婚夫越来越迷惑了。她在印度看到了不一样的文明,印度人非常朴实,相信万物有灵,把任何东西都看作有灵性的生命。而她的未婚夫却带着殖民者的傲慢,居高临下地管理着当地人。在英国殖民者的文化里,他是最优秀的,但是当阿德拉转换文明视角、跨过文化障碍时,就发现自己的未婚夫是个多么冷酷、多么狭隘的人。后来阿德拉跟随一个印度医生爬山,当她站在高处回望这座城市时,就在那一瞬间,她忽然发现自己不爱未婚夫了。

这是个特别重要的瞬间,我觉得爱情里,不论男女,特别重要的一件事,就是一定要善于发现自己不爱对方了。这个发现会拯救你,你以为自己爱了对方一辈子,其实内心根本就没有爱过真实的他，又或者他其实是个不值得爱的人。如果没有跨文化、跨文明的经历和视角，人很难有这种发现。

爱，不思考，才有永恒

全球化背景下，我们面临着一个新的未来，要敢于把自己抛向未知，跨出自己的文化边界，去真正认识自己的爱情。我们不怕将自己投入到无穷尽的π里去，如今，计算机已经把π计算到31.4万亿位上了，而很多人还活在3.14里，在3.14中没有自由，只有常规。

日本电影《黄昏的清兵卫》展现的是另一番情景，最美好的爱情在一瞬间突破了心里的高墙，抓住了生死关头的决定性瞬间。影片里的清兵卫这个男人只有50石的武士年俸，他娶了一个来自100多石收入家庭的妻子。妻子嫁过来后经常抱怨生活不好，后来染病辞世。这给清兵卫留下难以抹去的心理阴影，所以当青梅竹马的朋江提出要嫁给他时，他毫不迟疑地拒绝了，因为朋江家里更富，有1000多石的年收入。她爱他，但是他不敢爱她，觉得自己太卑微了。

后来他被藩主派去杀一个武艺高强的流浪武士，九死一生之际，清兵卫豁然明白自己此生多么爱朋江！他故意叫他的跟班把朋江请来给他打理决斗的行装。就在那一刻,他向她表白了,说:其实我心里一直放不下的就是你。

朋江十分震惊,她说:我哥哥向你提亲你拒绝,所以我已经答应嫁给另外一个武士了。清兵卫此刻万念俱灰,抱着必死之心去决斗,没想到背水一战的信念反而给了他超常的力量,他把对方杀死了。回到家中,他惊讶地发现朋江还在,两个人终于走到一起。这一切来自清兵卫向朋江表白的那一刻,朋江也抓住了那一瞬,在清兵卫家中孤注一掷地等待。她知道他十有八九回不来,但她就是要等着他。在看到他活着回来的那一瞬,两个人注定要在一起了。

所以生死、危险、千钧一发之际,都是把握爱情最好的时机。把爱情仅仅定义为花好月圆,定义在花前月下,仿佛很美,但当下才最美。

《午夜巴黎》中有一些"过去很美好"的设定,但其实我们的当下才是最重要的。我们中国青年的关键任务就是抓住当下最重要的一瞬,那一瞬在当下发生,同时来自你既往的成长积淀。我们要培养自己抓住最有价值的那一瞬的能力。如果你自己是荒芜的,去抓住那一瞬时只能抓住一地鸡毛。这种能力基于你的人文成长,内心深处存有一种渴望、一种追求。然后当那一瞬到来的时候,你才能真正认识它,你才能理解它的价值。

我特别喜欢葡萄牙诗人佩索阿的诗歌《我的目光清澈》,

里面谈到了一个本质性的东西,他说:"爱就是永恒的纯真,而唯一的纯真,就是不思考……"

爱,不思考。我们想得太多就失去生活,抓住那一瞬,我们才有永恒。

谈孤独

人要有点儿离群索居的气质,要有点儿孤独的能力。

每个人都有非常好的天资,人在社会上最怕的就是这辈子被自己的杂质淹没。

我们在孤独中需要一点儿上帝视角,那是对自己的审判,对自己的清理。如果没有孤独来帮我们实现,在喧哗与骚动里,人人在漂流,哪有时间来反观自己?

孤独在中国文化语境里的难言之隐

我们农业社会的历史悠久,代代传承下来,农业文明已发展得相当成熟。农业文明在乡村环境中孕育,承载在人伦、血缘、家族等框架里。农业社会有个特点,效率低下,比如我们要通过养牛来耕地,就需要给牛喂草,给予照料,牛才能维持劳动力。农业社会要发展需要很多很多人齐心协力。发展到工业社会,因为工业革命社会生产效率空前提高,一台机器的马力20倍于人工劳动力,社会不断地扩大生产。工业化生产把分散的车间、作坊、小工厂按照彼此的依赖性、相关性聚集成一个大工厂。工业社会时期整个生产力发展是飞跃的,这是对人最大的解放。

在中国,因为自然地理环境的阻隔等各种原因,农业文明没有被世界同化,这种独特性使我们保留一种自然经济、农村文化的基本气质。这个气质最大的特点是,人活在别人的眼光里,做事的依据、对错标准不在自己心里,而很大程度上是在集体、家族的逻辑里，所以不会去考虑一个人自身的感情、自身的自由。在这种背景下个人要获得精神自由、道德自由、文化自由，很难。

1919年的五四运动比欧洲文艺复兴晚了几百年。文艺复兴奠定了一个基础——世界的核心价值是个人，个人的价值是一切价值的基础。所有事物评判的标准是，是否有利于解放个人，人的创造性、人的愿望和想象能不能被释放，人的力量能不能得到合理的承认，然后由个人进行自我决定、自我选择。这是文化的巨大转化。我们的转化，到今天为止，才刚刚启动，个人对于自己的合法性、合理性、唯一性的体会相对来说比较单薄。今天的社会出现的突出问题，就是你身上有很多可能性，但是生活得没什么可能。这里面有两个矛盾：一个是你想得很多，真正行动得很少；再有，你自己特别希望开拓自由的、不一样的生活，却又特别希望一切风调雨顺，希望自己开拓的新生活也能得到父母的祝福、别人的夸奖和社会的承认。但是用农业社会种瓜得瓜、种豆得豆的逻辑去打开自由，是完全不可能的事情。

自由的生活，必然从孤独开始

在目前的时代背景下，言行合一的中国人必然是孤独的。很多人都希望自己能"虽千万人吾往矣"，但很少人能做到。今天的人要在这个时代有真正自由的生活，必然从孤独开始。

思想是我们获得解放的前导性力量。欧洲的文艺复兴开展一段时间后，社会运动形成了，很多人被大社会裹挟着往前走，社会形态从贵族社会向平民社会转换，工商业者兴起、工商城市大规模崛起，社会发展到了某个阶段，人既得到了解放又不孤独。

但今天的我们还谈不上达到那种程度，今天肯定是一批有想法、想行动、很孤独的人先去开拓，这是历史性的命运。这需要力量，思想的、行动的力量，需要去拓新，而不是局限在小范围里寻找自我。

我知道一个31岁的日本女人，独自来到云南丽江虎跳峡，在一家纳西族办的民宿住下。她看到清新的大自然，金沙江一年四季流动，充满野性的力量，民宿小伙子上上下下忙着干活。人类是这么自然地生活着，她越看越喜欢，最后选择留下和小伙子结了婚，一起做民宿。她感觉找到了这辈子想要的生活。

还有一个二十几岁的美国姑娘，也来到丽江农村。当地一个男人的妻子去世了，他独自带着孩子，腿有点跛，但男人的眼神透着简单纯朴。这个美国女孩子一下子喜欢上他，最后决定嫁给他。

人和人的生命观、价值观、人生观都不一样，关键看我们珍惜什么。

有思想的人是孤独的

人并不是要决定改变时才特别孤独。全世界的人类，只要有自己真正的价值思考，有思辨精神，很大程度上他都是孤独的。因为这个世界处在很大的矛盾中，各种各样的力量裹挟着人，形成一股一股强横的对抗力量。

有些孤独是必然的。

任何时代都有一个问题，就是思想者、有自己的价值判断的人，他和社会大众始终存在一种紧张的关系。古希腊时期，公民很自由，所以孕育了一些思想，但凡是认真思考的人，他的思想必然难被大众接受。思想家、探索者必然是孤独的。比如柏拉图学派，他们认为这个世界都是影子，我们孜孜以求的那些东西都是影子，都不是真实的。这个世界最真实的是理念的世界，本质上是一个内在的、超越我们每个人的世界，所以人一定要生活在理念世界，而不能生活在现象世界，世俗社会都是在现象社会里，都是在具体的欲望里。

柏拉图本身就很孤独，他和社会的关系，始终有种离群感，他有一个著名的洞穴理论。一群人铐着锁链在洞穴里生活，外面有阳光，有树，阳光把树影照到墙壁上，大家以为这就是真实的世界。后来有个人挣脱了锁链跑出去，发现原来外面才是真实的世界，于是赶紧回去跟大家说。大家认为这家伙胡说八道，群起而攻之，把他打死了，然后继续沉迷于墙壁上的世界。现代很多人否定一种新思想的时候，就像洞穴里的这些人，因为如果你承认外部的世界是真的，那自己的一生就毁了，自己原来信奉的价值全部荡然无存。那种普遍的、不需要思考继承下来的东西，必然是单一的，所以他就不可能看到另外一个更真实的世界。所以，柏拉图心里有孤独感。

还有伊壁鸠鲁学派，尽管他们是个追求快乐的学派，但他们觉得众人都是在追求动态的快乐，在不停地变化。他们认为真正的幸福、快乐是静态的，是对痛苦的超越。人只有在艰难的跋涉、探索里，才能体会到真正的幸福和快乐。但是今天消费主义盛行，我们很难拥有一种真正的、让我们生命有连续性的东西。尽管伊壁鸠鲁学派提倡快乐，但他们内心也很孤独。

斯多亚学派认为世界有其内在的秩序，就像黄金分割比例一样有标准规定，我们的生活绝对是超越日常的，我们要追求一种更加符合这些规律的东西，这才是一种有价值的生活，才符合宇宙的本性。他们有一个著名的观点：一个人应该做世界的公民，要认识这个世界。但现在大部分人跟世界不对称，他们用自己一点儿小小的生活经验，一点儿小小的知识，来面对那么广阔的世界，然后想把世界打包到自己小小的愿望里。我们是在这样跟世界建立一种关系。如果一个人想去打破常规，像斯多亚学派一样进行这样一种思考的话，那他必然也很孤独，跟世俗的关系很远。

犬儒学派希望人活得像条狗，高度简化。第欧根尼睡在大木桶里，这个人白天上街提个灯笼，人家说太阳这么亮，你提个灯笼干吗呢。他说我在找人。他认为这个世界没有人，大家脑子里一塌糊涂，根本看不见这个世界，他要找一个真正的人，却满世界找不到。他多么孤独啊！他觉得人类的欲望太猖狂了，都是名誉、财富、地位，完全忘记了我们生命自身的美好、自由。

孤独,让你认识自己

孤独为什么是一种力量?一个人如果一生没有孤独的需求,一点儿孤独都受不了,那就有太大问题了。

我有个学生在无锡当老师,2021年春节因为疫情没回家过年。他说这是自己有史以来过得最幸福的一个寒假,一个人看书,看电影,一开始还有点儿凄清,后来心里觉得越来越暖,自己以前感觉不到的安静又回来了。我们现在太缺乏这种静心的安静。这个世界看着很安静,可无形的聒噪,各种声光电淹没你,让你身上到处浮动着浮躁的东西,所以有时候人需要用孤独来沉淀自己,我们每个人心里面埋藏了太多的东西。

人在世界上有两套系统,一套是自己意识得到的东西,还有一套是埋藏在潜意识里,来自自然、于过往经历里无形中形成的东西。只有在特别安静尤其是精神安静的情况下,比如在山村连微弱的犬吠都能听见的时候,你才会忽然觉得内心激动起来,感到很多很多东西涌出来,你会忽然觉得自己活得不对劲,觉得放弃、失去了很多东西,你会忽然发现,原来自己向往的是另外一种生活。这是那种虚静能带给你的东西,这时你才真正了解自己。一个人在世界上如果连自己都不了解,那活得多么混乱啊?你没有基本的孤独时刻，没有片刻留给自己，你如何能明白自己、体会自己？

有的人活得如浮萍一般，就像电影《情人》里少女经过的湄公河上漂着的浮草。少女过河时跟一个华裔富翁相遇，由此她打开了生活的另外一面。少女没钱，身处法国社会底层，华人有钱，但在封建家族的控制之下，马上要跟一个不爱的女人结婚，这两个人在一起，忽然产生一种同病相怜的相依感，他们的相处模式不像是在谈恋爱，而像交换。最后少女跟着家庭被迫离开越南，船开到地中海的时候，她一个人走在甲板上，万籁俱寂，就在那一瞬间，她突然大哭起来，她此时才明白她跟富翁是多么相爱。最好的爱情是两个人在一起时，根本不像在谈恋爱，最后才发现是真爱，这种恋爱才是最自然的。如果两个人有意识地去谈恋爱，吃饭，约会，情人节送礼，最后顺理成章地结婚，内在的东西不一定是爱情，但形式上又很像，这种恋爱就很程序化。

所以说人特别需要孤独，特别需要虚静，在喧嚣的社会生活中，我们失去了虚静的能力，天天往热闹的地方跑，抱团欢天喜地，真正到最后，空空如也。现代人要有点儿离群索居的气质，有点儿孤独的能力。

孤独的人有一种精神上的超越

苏格拉底就是这样的人,他穿着破衣服,一年四季也不换,吃得也简单,他的回忆录说自己吃得比奴隶还差。他跟大众作对,天天在雅典广场逛来逛去,见着人就提问题。迎面走来一个红光满面的人,是希腊朗诵《荷马史诗》最厉害的朗诵家,苏格拉底问他为什么朗诵得那么好。那人回答说是因为他朗诵得最艺术。苏格拉底又问:你想想你朗诵的过程,从一开始到打仗到取胜这么漫长的故事中,是不是每个字都朗诵得特别好?那人想了想,老实地回答:特洛伊战争中,阿喀琉斯拖着赫克托耳的尸体绕城三圈,这一段特别激动,朗诵得特别好,其他没这段好。苏格拉底说:既然你技术这么好,每个字都应该好,为什么其他段就比这一段差呢?问到这里,朗诵家回答不上来了。苏格拉底说:我来告诉你,你来到这个世界上,就是为了朗诵特洛伊战争这一段,这一段朗诵得好是神教你的,别的地方都是你自己朗诵,所以没这段好。那个人一听,不敢再自大,灰溜溜地走了。

苏格拉底逢人就这样问,这叫归谬法,因为人活得都很荒谬,自以为是。他的归谬法百战百胜,很多希腊人都恨他,终于有人告发他,苏格拉底被抓进牢里。苏格拉底跟别人不一样,他本可以逃走,但是他宁死不逃。他说一个文明社会就是要讲法律,现在是法律判处我死刑,法律太坏、太不正义、太不讲道理,但是坏的法律比没有法律好,所以我不能藐视这个法律,它判我死刑,我要维护这个法律。第二天,他喝了毒酒,死了。苏格拉底就是这么一个人,他的思维逻辑远远超出一般人。

孤独的人有别于大众,有别于一般人,他们身上有另外一种价值。像苏格拉底这种孤独,它有一种精神的超越,走出了当下的价值观,走出了固有的体系,升华到了另外一层,有了一种批判性、反思性,真正具有了人类的特性。人和世界万物之所以有区别,是因为有思想。有思想,这个世界才丰富,才有多样性。人类理论上应该跟自然的、生态的多样性一样,因为每个人的禀赋、本性、特质不一样,一个统一的标准不适合所有人。若非要追求同一性,人只好格式化自己,在一种压抑性里维护集体的板块,但整个社会如果真是这样,就窒息了,人就被工具化了。所以孤独的人,要跳出这个板块,要换一种价值观,换一种眼光,来回看生活,而这种人必然孤独。

英国作家狄更斯小时候生活困苦。有一次爸爸带小狄更斯去散步,走到富人区时,爸爸指着一座宅邸告诉他,孩子,你一定要努力,长大以后才有可能住到这样的房子里。

狄更斯20岁左右时,书畅销了,也获得了不少财富。这时他想起小时候爸爸的话,干脆把那座宅邸买了下来。但是狄更斯写作的时候，始终有一种平民感，他融入不了贵族社会的氛围。每当他写作不畅的时候，晚上就会去伦敦东区泰晤士河边，那里有大量的人拿硝水冲皮革，臭气熏天，他一定要闻闻那些臭气，联想一下自己的童年，这样他创作的灵感才又被激活。

有孤独的能力，才能造福大众

中国的知识分子、精英阶层，在改革开放之后，吸取以前不重视知识和专业的教训，高度地强化自己的专业性，但他们又有一个严重的自我矛盾，既追求高度的专业性，又追求上流的生活。比如说在植物学研究方面，中国的植物资源70%在西部，但80%的植物学家都生活在东部。西部需要大量的专业人才，但那里又离"上流社会"的生活很远。而对老百姓来说，他们的知识有限、通道有限、没能力施展，但有能力施展的人又不去。这就形成了一种断离。

芸芸众生，很多人的精神方面很局限。诗人波德莱尔跟朋友在一个咖啡馆里，他出神地看着外面的人，朋友问他看什么，他说我看到累累白骨。他看到的活着的人其实跟死了的人差不多，没有灵魂，没有自由的思想。这也是今天我们这个时代的人特别欠缺、特别需要去追寻的——能以孤独为光荣，能在孤独中跟历史建立深度的对接，而不是在一个消费的表面、流行的表面生活。这是一个选择问题，也是一个思想性的问题。

你有孤独的能力，才能造福大众。一个人不孤独很难造福大众。从某种意义上说，他只能在社会现实里跟大众争夺，争夺更多的物质、更多的资源，一个人只有在他自己独立的选择里，才能为社会探索新价值，打开新通道，让万千生命都能获得自己的幸福，获得自己真正的价值。这个价值不是跟大众对立的，它是在真正为大众谋求更好的生活。

我很敬佩法国摄影师尤金·阿杰。19世纪，摄影还是非常奢侈的事情。阿杰只有一个很笨重的照相机，拍照很费劲，他家里非常穷，他把自己挣来的、为数不多的钱都投入到摄影里，他一生只想干一件事，就是记录社会。记录的行为就暗含了崇高的价值。阿杰看到19世纪末法国的变化——欲望的释放、社会的变迁，所以决定要为社会做记录。福楼拜发表于1856年的作品《包法利夫人》，写女性面对世界时充满了性的欲望，故事主人公生活在法兰西北部的小镇，却一切以巴黎的流行为标准，结果造成自己人生的大悲剧。阿杰看出整个社会在剧变，他要记录它。他辛苦拍了一万多张照片，终生只卖出去一张。但这个人多不简单，他是那么执着、孤独地去做这么一件事情。

美国摄影家薇薇安，她知道自己是顶级摄影家，但宁愿做家庭保姆，自由自在。她胸前整天挂着双镜头的相机，咔咔咔地拍。她拍的照片那么好，但一生都没有发表，只是把它存下来。她甘愿过这种生活，又穷又没什么朋友，她自觉地知道她当保姆可以自由地拍照，一辈子拍了将近十万张照片。在她死后，她的摄影作品才被人发现，惊动世人。

我们做不到百分之百像阿杰、薇薇安这样，但可以学一点儿，让自己的生活打开一点儿，尝试做一点儿自己执着的事情，这样你就跟别人不一样了，你就开始有点儿孤独了。

孤独的巨大障碍是放不下

我有个朋友，大学毕业后去了政府部门，干了一两年决定下海，给自己定了个目标：挣1000万元，实现后就去做自由人写诗画画。后来他果然挣到了1000万元，不再贪恋，来到绍兴开了间画廊，真的开始写诗画画。

每个人都有非常好的天资，人在社会上最怕的就是这辈子被自己的杂质淹没。很多人因为太聪明，想太多，欲望太多，把自己分解了，过得沉重不堪，身上肩负着几十个人的欲望，羡慕这个，羡慕那个。生活如何能清零？如何才能回归简单？

只有回归简单,人才能发现自己澎湃的感受。

有一年我去杭州一个朋友家过春节,大年三十时,一大群人晚上一起喝酒。12点过后,我觉得有点儿太热闹,于是出去走走。朋友家离西湖很近,不多久就走到了西湖。那天夜里,骤雪已停,整个西湖茫茫一片,跟原来见过的西湖都不一样,水波里的雪融化了,遥遥望去,黑暗无边无际。这时候我转头看见一对恋人走来,两个人牵着手,脉脉不得语,又慢慢地从我面前走过去了,只留下几行脚印。那是我看过的最美的脚印,那两个恋人彼此心里的话不知道有多少,但是这样一个无言时刻肯定让他们体会到了更深的东西。

今天的人太复杂,潜意识里埋藏了太多的欲望,不能承受孤独的一个巨大障碍就是放不下。真正孤独的人在今天这个社会需要巨大的力量,需要非常深切的思想、深切的生命体验。我们年轻的时候扔掉了很多珍贵的东西,到后来才发现,当年藐视的、不值一提的东西是最宝贵的。我们经常将无意义的东西误以为宝,你只有在孤独中、在自己的选择里,体会出的东西才是真实的。

著名作家菲茨杰拉德年轻的时候追求泽尔达,泽尔达很漂亮,出身于中部的富豪家庭。两个人谈恋爱,泽尔达觉得他人帅有才但没钱,于是菲茨杰拉德去纽约写作,写出了《人间天堂》,得了很多版税,两个人又走在一起。泽尔达喜欢社交,喜欢喝酒;菲茨杰拉德喜欢安静,喜欢孤独。菲茨杰拉德最烦恼的是他正在写作时，泽尔达一定要拖着他出去社交。这很矛盾。菲茨杰拉德很爱泽尔达，但最后两人的生活发展成悲剧，泽尔达患上了精神病，菲茨杰拉德得了抑郁症，40多岁时去世了。

孤独的力量

独立探索最大的力量在于你要自己证明自己，因为这世界上你是最独特的，别人无法证明你。今天我们做选择的依据在哪里？整个社会处在这么一个历史阶段，谁都没有办法互相证明。你的依据，对和错、好和坏、善和恶，等等，都要自己来证明。这确实是一个孤独的过程，但它也是一种回观，我们一路不停地放下杂质，不停地寻找非常清明的东西，所以孤独要有一种必要的精神气质、内在气质来支撑，如勇敢、勇气、思想，等等，还需要很大的傻气，太聪明的人孤独不了。孤独需要一种单纯的傻气，那种天真气。

美国作家辛格写了个故事《傻瓜吉姆佩尔》。吉姆佩尔是来路不明的流浪儿，有点儿傻气，镇上的人都想从他那儿占点儿便宜。他们骗吉姆佩尔娶了艾尔卡。两人结婚后几个月，艾尔卡就生孩子了，吉姆佩尔有点儿奇怪，觉得太快了。艾尔卡说，这叫什么快，圣母玛利亚看一眼上帝就怀孕生子了。吉姆佩尔是面包师，天天晚上值班烤面包。有一天晚上机器坏了，他早早回家，一开门看见床上有个男人，退出去想了一会儿，再进去男人不见了，问妻子怎么回事，艾尔卡说哪有什么男人，你天天值夜班，我夜夜盼望你回来。最后艾尔卡生病要死了，临死前她跟吉姆佩尔说，你这么善良，我不能再骗你了，这六个孩子一个也不是你的。吉姆佩尔说，在上帝面前宽恕你，不要紧，你安心去。吉姆佩尔辛辛苦苦地带六个孩子，终于有一天晚上，夜深人静时，他幡然醒悟，意识到全镇的人都在骗他。他怒火中烧，决定把烤的面包全毁掉，然后用自己的小便和面，重新烤给全镇人吃。他正干得起劲时，艾尔卡的亡魂出现说，你不能这么干，我在人间的时候不明白，到了天上才知道人在这个世界上什么都可以欺骗，就是欺骗不了自己，一定不能这样做。吉姆佩尔一下子清醒过来，重新做，做了有史以来最香的面包。艾尔卡罪恶、放荡，最后回过头来变成天使，拯救了吉姆佩尔。

生活中有很多人都缺乏一种对自己的诚实，我们在有意无意地欺骗自己，用各种各样的借口、假设来掩盖自己，然后让自己无穷地退让。我们在孤独中需要一点儿上帝视角，那是对自己的审判，对自己的清理。如果没有孤独来帮我们实现，在喧哗与骚动里，人人在漂流，哪有时间来反观自己？像当年的鲁迅,我们近代的名家大家,哪一个不孤独?世界一流的作家,个个都孤独。

比如张爱玲,她的外祖父是李鸿章,她的妈妈曾留学国外,她从小在极开阔的视野下生活,既看到了最传统的荣华富贵和沉沦,又看到了最现代的独立性和自由,所以日常世界对她来说,简直是不入眼的一地鸡毛,所以她能说出,生命就像一袭华美的袍,里面爬满了虱子。我们很多人都是从一个点进入生活,看到喜欢的东西,然后去追求。张爱玲不一样,她从小就扫荡了一个面,所以她看事情很淡。晚年的时候,她住汽车旅馆,在外卖的纸箱子上写作,她不是没钱,她的银行户头有几十万美元的存款,但她的生活就是那么潦倒,死了好多天才被人发现。那是她看淡了、看穿了,心里只有文学,所以写出了那么多和别人完全不一样的东西。

人人都有才华,只是很多才华被遮蔽了,每个人身上都太热闹。不同的时代都会给人清醒的机会,但我们不知不觉地错过了。在今天这个越来越多元化的时代,我们需要给自己移动一下位置,重新反抗自己,看看怎么让自己有所孤独、有所进化,然后以另外一种眼光去看一下世界、看一下自己。看到那一部分我们意识不到的、隐藏的、充满自身独特性的东西,然后将它们释放出来,变成我们人生的一种创造。这就是孤独的力量。

> 书和人的命运，书和人的生命，是连在一起的。
>
> 世界上很多有成就的人或者了不起的人，包括许多作家，都爱看书，他们在阅读中打开使其生命豁然开朗的部分。

谈读书

书和人的生命,是连在一起的

1973年10月,我去云南高黎贡山怒江边的一个傣族村寨——芒合寨插队劳动。我在那里待了两年,至今尤为怀念在那里的读书生活。

当时怒江边上有个红糖厂,需要用村子的河水发电榨甘蔗。因为这个关系,糖厂给村里拉了电线,我所在的村子就成为附近几个村落中唯一一个通电的。糖厂榨甘蔗的时候,机器一使劲,电压倏地就下去了,甘蔗榨过去了,电压倏地就又上来了。晚上读书就在电灯忽明忽暗中进行,书拿在手里,灯暗下去了就放一会儿,灯亮起来就看一会儿,然后又暗下去了,又亮起来了,反反复复,放下,拿起。在这种条件下,我把带去的两大木箱书都读完了。现在看来,那种条件下读书太不容易了,一会儿拿起一会儿放下,但其实,当时我看得极为投入,完全没有受一点儿影响,一心一眼只有手中的书。

有时候环境越艰苦，读书就能越用心，越全心全意。现在读书的各种条件比过去好多了，人反而不像以前那样容易百分之百投入，这是一种心境的变化。书和人的命运，书和人的生命，是连在一起的。

一些很有作为的人，他们跟书都有特别深切的关系，而他们的人生可能就是被一本书点亮的，而书也伴随他们终生。

人生活在世界上，交朋友的数量是有限的，一生可能也就有三五个无话不说、可以托付任何事的挚友。书也是这样，世界上的书太多了，真正能够陪伴终生的心灵伴侣式的书——无论春夏秋冬、风雪阴晴，无论你喜怒哀乐，成功失败，打开它，它都能像亲人一样陪伴你，带给你光和温暖，慰帖你的内心，这样能够抚慰灵魂的书，可能也就只有一两本，但已足够幸运矣。

书也不是读得越多越好、越广越好，多是必要的，广也是好的，但是一个人一辈子一定要找到自己的生命之书，那里蕴含着你对自己人生的认知。读书，绝不仅是一种外在的文字阅览，也不仅是客观的知识吸收，更多情况下，读书就像和雪中送炭的知己交流。

阅读是生命的答案

　　读书最好带着问题去读。每个人成长中都会遇到很多问题或困惑，如自己的成长路径、原生家庭、社会关系等。不同的书适合不同的成长阶段，解决不同的问题，你每次翻阅它或回顾某一段落时，曾经的、当下的困惑与书中的某一旨义相遇会产生一种精神上的互相照应。

　　历史上有很多人是靠阅读重启一段人生的，比如美国作家杰克·伦敦。《马背上的水手：杰克·伦敦传》中如此记载，杰克·伦敦家境贫寒，妈妈罹患精神病，他是在这样不太常规的环境中度过童年期成长起来的。为了谋生，他9岁开始赚钱，做过推销员、报童、帆船水手、搬运工等，甚至一度沦为街头混混，纠集一帮人去旧金山附近的海湾偷蚝，在市井街头摸爬滚打长大。

　　这样一个桀骜、不守规矩、有时候甚至靠拳头说话的人，有一个极大的长处——爱看书，杰克·伦敦称自己像野狼一样地看书，任何书拿到手里都会死命地看。17岁时，他跟随船只从美国西海岸到日本海捕猎海豹，在这一次航行中，他在船上细读了福楼拜的《包法利夫人》和托尔斯泰的《安娜·卡列尼娜》，两位作者创作的两位女主人公对爱的诠释、与世俗的对抗，以及悲惨的结局，对他造成了很大影响，促使他成为一个小说家，这两本书也影响了他的一生。

杰克·伦敦的《热爱生命》为很多人所熟知和热爱，这是一个发生在美国淘金热时期的故事。淘金者在返程时扭伤了脚踝，在近乎绝境的冰天雪地中，同伴抛下他独自离开，他一个人在挣扎求生中，不幸遇上了一头同样伤残的狼，为了活下去，淘金者在与狼的斗争中，最终将狼咬死，故事的最后他到达了海边，遇到了船只得以获救。很多读者对杰克·伦敦的这部小说和《野性的呼唤》印象深刻，其实他最著名的作品是长篇小说《马丁·伊登》。《马丁·伊登》写的是一个爱情故事。青年马丁是一个刚开始写作的作者，作品不被承认，生活穷困潦倒，爱恋的姑娘也渐渐与他疏远。突然有一天他的书广被认可，他成了一个名利双收的作家，曾经的爱人回过头来找他——最深刻的爱情充满了名望的功利性和金钱的腐朽味，世人以为的皆大欢喜使他感到极为讽刺和虚伪。这部小说是杰克·伦敦最重要的作品。《马丁·伊登》与《安娜·卡列尼娜》《包法利夫人》大有关系，同样深刻地表达了爱、爱的实现和爱的丧失。《马丁·伊登》写出了一种悲凉性，同时也写出了人对单纯爱情的渴望，对真实爱情的期待。

杰克·伦敦一生的经历极为复杂，他的作品写得却那么单纯，这是一个很有意思的现象。读书使人单纯，而且越是经历复杂、际遇沉浮的人，越能从中得到救赎。杰克·伦敦曾经是个小混混，偷窃、打架，做过很多不守规矩的事，但他通过读书获得了成长，书籍启发了他，他的善、他的精神追求跟一般人的理想主义不一样，因为他知道恶是什么，读书和写作使他变成一个复杂的好人。

世界充满了简单的好人、朴素的好人。普世价值中认为什么是好的，他们这辈子便坚守什么，不逾矩、不越界，在善的范围内生活，简单而纯朴，这当然是很好的。但是杰克·伦敦是个复杂的人，他在恶的世界里沉浮了很久，他对"好"的追求，有着自己的高标准，他的书写呈现出与别人不一样的特质。从安娜和包法利夫人身上感受到的"爱"使杰克·伦敦有了很柔情的一面。对他来说，如果没有这两本书，他也许不会成为一位这么好的作家。从杰克·伦敦身上，我们可以感觉到从恶之中长出的善，如何让生命更丰富、更深刻。

为什么要讲这个问题呢？因为我们中国社会的发展正趋于复杂化。一个人如果想当一个单纯的好人，小心翼翼地维持自己不犯错，并不容易。因为人一旦行动，就可能陷入各种复杂的情境中，很多时候从自己的认知出发以为是对的，但实际上却犯了很多错，抑或是在一些情境里，有些人明知在犯错，但遏制不住内心的欲望，觉得小恶可为。因此就认定这个人是坏人吗？就要惶恐不安甚至自暴自弃地认为自己就是一个无可救药的人吗？不是这样的，年轻时，要敢于行动，不要害怕行差踏错。永远不要用完人、圣贤的标准，去判断、要求他人。

现在网络上有一些人，总是揪住一些小的事件，放大再放大，有些言论甚至会被有心人利用，使舆论走向逐渐偏激、粗暴。但生活中的大多数人是善良的，相信人性本善，绝大多数人犯的错，都在别人、社会可以宽容的尺度内。人一旦过于小心翼翼，就会把自己框得太紧，将自己像个粽子一样束缚起来，生活乏味无趣，人也变了形。

我们要敢于行动，敢于前进，在行动中，要像杰克·伦敦一样阅读，带着问题阅读，在阅读的过程中找到自己的那份豁然。世界上很多有成就的人或者了不起的人，包括许多作家，都爱看书，很多人在读书的过程中找到了自己生命中最需要的那一部分。

我再讲一位更为大众熟知的名人拿破仑读书的故事。拿破仑是19世纪法国伟大的政治家、军事家，他缔造了法兰西第一帝国。四处征战过程中，他将很多法国大革命的新思想带到了欧洲各国。拿破仑实际上对世界历史起了很大的推动作用。他一路征战始终带着一本终生热爱的书《少年维特之烦恼》。主人公维特是一位才华出众、热情奔放、对生活充满爱和激情的少年。维特并没有多么高贵的出身，但精神境界很高，他看到了农民劳作的辛苦、人心的善良，也看出他们精神世界的狭隘，一辈子就在小小的圈子里，孤陋寡闻。维特看到他们心里觉得很可悲，他的意识、眼界高于他所处时代的发展水平，他想要追求的爱情也是不同的，是自由的爱情，最后因失败而选择自杀。拿破仑作为一个君主，跟维特在精神上有共通性。一方面，他看当时的世界，也是站在一个更高的视角去看，所以他要做不凡的事情。这个不凡的事不关乎日常得失，不计较当下生死，而是作用于整个社会政治层面的大事件。另一方面，拿破仑的个子不高，但是内心世界很丰富，他有过多个情人，从他的传记可以看出，他对世界上任何一个个体都有一份柔情在，但是作为一个领袖，在残酷的大规模战争中，他将内心温柔的一面收起，对"维特的世界"寄予一种关于美好生活的浪漫期待。

我经常跟学生说，一个人一个星期至少要读一首诗，让心灵不断地获得诗歌的滋养。诗超出了我们的日常语言系统，不论语法，只说意象，利用隐喻、转喻、象征等修辞方法，让我们脱离日常生活的僵化。人的思维在日常的僵化里久了会硬化，硬化以后就会钢化，钢化以后就变得无情。而诗歌让我们超越日常，润泽我们的思想，使我们发现生活的美。

好的人生一定有一本书，代表你的精神核心，安抚你的内心免于因外界变化而起的仓皇失措，在你随波逐流时，陪伴你度过世事沉浮，在你的心灵支离破碎时，给你抚慰和光明。一本你爱不释手的书会成为你的精神中心，使你即使在纷乱的世界中仍旧能保持内心的自在安定。当年亚历山大大帝带着柏拉图的《理想国》征战四方，之后的两千多年，一些书仍旧散发着同样的魅力。

细读是一种态度

世界上有的人践行功利主义，即实用主义；有的人坚持原则主义，有理想有信念。一般而言，原则主义的人活得比较艰难。所以我们说适者生存，在社会生活中有时需要一点"善变"，变化能使人的生存空间变大，社会机遇也能变多，但自己内心一定要有个原则，要坚持，也许这种坚持有时会触碰到个人利益甚至私人情感。读书能坚定我们的坚持，让人生活得有原则。

钱穆一生热爱中国文化，虽没有高学历，但他的文化影响力很大。钱穆先生阅读了很多书，对他影响最大的是《曾文正公家训》，也就是《曾国藩家书》。他幼时看到同学拿着一本语录体样式的薄册子，一时好奇心起，便拿来翻看，这就是《曾文正公家训》。书中虽没有任何童言稚语，却吸引住了钱穆小小的心灵，第二天他就去旧书店买了一本，之后便一直带在身边。钱穆在其作品《人生十论》的序言中曾提到此事。有一段时间他在小学任教,依旧每天阅读不断,某天他在走廊里看东汉书,坐在阳光下,随意翻看时,忽然想起《曾文正公家训》中的一段话,一个人看书一定要有恒心,要从头看到尾。一本书之所以珍贵,一方面是书本身内容的价值,另一方面就是对人本身的修炼。一本书,一本重要的书,如果从头到尾细细地读,细细地看,有些地方不一定看得懂,有时候不一定爱看,但会培养自己一种始终如一的精神,一种恒心,一种内在的完整性。钱穆想到这里,便立刻决定从自己手中这本东汉书起,以后看书都从头到尾一字一字地细细看,后来他也真的养成了逐字逐句读书的习惯。这件事对他后来成为一个学者、史学家、思想家起了至关重要的作用。

这个故事提醒我们,读书可以帮助我们确立并坚守原则。如果没有书来支撑,仅靠偶尔自省,人有时候不一定能坚持一个原则,坚持你的人生价值。你的书在那里,它就将一直提醒你要持之以恒。

很多人年轻时看到一本受鼓舞的书会很激动,立志将来要做个什么家,仿佛找准了人生奋斗的目标。以我为例,我小学时看了一本关于现代航天之父——俄国康斯坦丁·齐奥尔科夫斯基的书,激动万分,发誓以后要去做宇航员,还进行了类似离心机抗晕眩练习,现在回想起来当时的热情早就不知道什么时候被时间的河水浇熄了。

人一生的时间很短,要真正做一件事,时间总是不够用的。我拜访过王蒙老先生，王老现在80多岁了，他说他这辈子最大的遗憾是做了太多的事。他的意思是做的事太杂了，没有好好地把一两件简单的事，比如说写作，单纯地坚持下来，他自觉没有做出应该做的，没有完成应该完成的一些事情。当然王老也热爱生活，人生过得很丰富。听了他的话以后，我很惭愧，我有时在做事中会断线。每个人做事有太多的中断，过着过着就丢了坚持。钱穆始终如一，《曾文正公家训》对他来说是一个一辈子的支撑。

书籍打开人的灵性

我们人生中特别需要一本这样的书，它能打开你的灵性。

何为打开人的灵性？每个人的基因中都有原始人的生存密码，原始人没有那么繁杂的知识体系，最突出的是直觉和想象力，他们认为打雷、起风这样的自然现象背后都有超自然的推手，他们创造出了很多神。我们看《千与千寻》，惊诧于那个拥有无边想象的世界。在现代社会，我们的大脑越来越理性，越来越知性，天然的想象力，如神话般造就生灵的想象潜质发挥不出来了，我们的生活过得太合理性了，限定了自己的想象边界。

而书能帮我们打破这样的边界，特别是小说一类，你的内心会随着文字跌宕起伏，时而紧张、时而放松。对未知的渴望以及内心的澎湃甚至会让你一度怀疑自己是个傀儡，生命不归自己支配，比如阅读诺贝尔文学奖获得者加西亚·马尔克斯的《百年孤独》——20世纪重要的经典文学之一时，人会情不自禁地沉浸在故事的氛围中。

马尔克斯年轻时喜欢写作，但他一直觉得自己写得不好，直到有一天看到卡夫卡的《变形记》。马尔克斯的自传《活着为了讲述》中说，看到《变形记》，他马上就跳起来了，"原来小说可以这样写"。从此以后他写小说就放开了，自由了。人，特别是作家，当他在某一瞬间获得内心的解放后，会打破以前生活中养成的习惯和认知，比如说语法的局限，主谓宾语如何使用的习惯，突破作品千篇一律的魔咒，让作品本身的灵魂舞动起来。文学语言是自由的、没有语法的，循规蹈矩写出来的是语文，不是文学。所以马尔克斯看到《变形记》时极为高兴，后来他又惊喜地读到了英国作家弗吉尼亚·伍尔夫的意识流小说《达洛维夫人》，他的时间感、心理空间全部被打破，这两部作品对他后来的写作影响极大。

日本小说家村上春树也说过两个对他影响极大的作家——菲茨杰拉德和雷蒙德·钱德勒，他们分别是《了不起的盖茨比》和《漫长的告白》的作者，菲茨杰拉德的小说中充斥的悲伤性和音乐性，对村上春树影响很大。但村上春树大学毕业以后并未开始写作,而是开了一间酒吧,直到二十八九岁时,他观看一场棒球比赛,一个外国选手打出了一个非常漂亮的二垒安打,就在那一瞬间,他的心灵仿佛也被击中,突然之间他涌起想要写作的冲动,他想他生命中最重要的应该是写作,于是第二天村上春树就开始写作,最后写出了《且听风吟》等作品。

人一定要读书。如果村上春树没有阅读积累,他看的那场棒球赛哪怕有再多精彩的本垒打,他的心里也不会有刹那的触动。这就是好书的作用,它在你心里埋下一粒种子,埋下一种"打开"生命的可能。所以说生命中需要阅读,需要一本能够"打开"的书。

我喜欢去福州路的上海书城,每次进入书城,我感觉自己看到的不是书,而是一个一个鲜活的生命——伊索、莎士比亚、雨果,等等。在那里,你跟什么书相会,作者的声音就会传到你心里,当然,不是每个声音都能打动你的心。但这就为你埋下了无限多的可能性,或许有一天"一个棒球"就突然打开了这种可能。

阅读会创造人生的另一种精彩,我们很多的潜在价值都是在阅读中慢慢积累、悄然形成的。每个人都有特别的天赋,但真正能够将它挖掘并实现的并不多,我们很多时候就是缺少这样一种"芝麻开门"的点醒。阅读,阅读合适的书,可能就是开门的那把钥匙。

对我影响很大的一本书，是苏联作家高尔基的《在人间》。《在人间》是一部长篇小说，现在很多年轻人觉得它是现实主义文学，很少有人看了，但这本书对我影响很大。"文革"的时候，学校不怎么能保证上课秩序，我就去新华书店学习，当时新华书店的书大部分都是红色经典。高尔基是无产阶级作家，所以他的书《在人间》能上架。《在人间》描述了非常多的普普通通的社会底层人民，主人公在底层流浪时，遇到了厨师、锅炉工、妓女、仆人、面包师等形形色色的人，这些人多数很贫穷，言语粗鲁，但这本书的可爱之处就在这里，它写出了人性的善良，那些人的朴素，那些人的悲怜，所以直到现在，我仍然会不时拿来重温一遍。

现在的教育，或者说主流思潮，太重视"马太效应"，更多的关注点放在了"塔尖"，比如说顶尖的科学家、著名的作家、高考的状元、奥运的冠军、一线的明星，等等，我们的视线都向上集中在了金字塔尖的那部分人，但是与我们视线平行的那部分人才是社会坚实的基础。比如我们乘坐高铁经过的一个个隧道，隧道当然是某个设计院高端人才设计的，可真正建设时也离不开那些普通的技术员工。

我们对普通人也应该怀有感情，金字塔越往底层基数越大，我们的感情越往底层反而越稀薄，有些人习惯性地将人分为三六九等，所以我们迫切地需要进行社会情感建设，迫切地需要在人和人之间建立一种有温度的感情。如何建设？陌生的人如何能无碍沟通？人有被尊重的需求，情感要从尊重开始。所以读书，读一本好书，一本《在人间》这样的平等之书，能让我们加深对人的理解、对世界的理解。

书写是读书的试金石

读好一本书，最好的方法是写书。只有在书写的时候，我们才能发现一本好书的诞生是多么不容易。有时候我们看小说，总会挑问题，觉得没有文采、故事转折生硬，等等。但当你尝试下笔时，你就会发现问题、困难接踵而至。人物怎样才能立住、性格怎样呈现、故事冲突怎么设计、情景转换如何流畅等，我们的感受、想象力、语言表达都会接连出现问题。哪怕写一本旅游书，你也会马上发现需要学很多东西，需要阅读非常多的书，需要有深厚的积累才行。所以想要深入地读书，首先就是要试着写书。去旅行时，很多人只是在内心感慨异域风情，拍拍照就结束了，其实完全可以尝试把当时的感受诉诸笔端。

2018年我出版了一本书——《那朵盛开的藏波罗花：钟扬

小传》，钟扬老师是复旦大学的植物学教授，坚持在西藏收集种子17年，为人类开拓未来。从上海到西藏，人体感受到的气压低了30%左右，钟扬老师在西藏期间经受了高原反应的各种考验，身体各个器官都叫嚣着不适，本来苗条的身材也因为一直补充热量变胖了、变壮了，单就这一点献身精神，我就非常敬服他。写小传时，我必须去了解当地的植物群，需要看书，还需要了解西藏的人文、地理、历史等。写小传的过程，也是我深入学习的过程。

2017年秋天开始准备写钟扬老师小传的时候，我去西藏采访钟扬老师，他的坚毅、他的理想主义、他对植物多样性的热爱精神，以及他和藏族群众间那种朴素的感情，都给我的内心带来了很大震动，让我以一种新的眼光看世界，不是功利性的衡量，也不是耗费心智的思量。这样的交流和认识对我写出小传并理解世界，都有非常大的帮助。

人活于世，如果只依靠大脑的智慧生活，我们可能会在物质世界活得很好，活得聪明，有自己的房、车，可能在职场上有强大的竞争力，但是人终归需要一点精神的东西，需要靠心的生活，靠心生活能跟世界建立一种更真实、更神奇的联系。我们来世界走一趟，怎么才能真正体会这个世界，真正拓展我们的生命？我觉得可以试试读好书，试着写一写书，如此，才会发现自己内心的渴望。

我们的读书时代

现在我们社会迎来了一个真正的读书时代,为什么这么说?过去我们总说中国是诗书大国,其实不是,因为只有极少数人接受教育,读得起书。旧时代的人贫困交加,绝大多数人是买不起书的,识字的人也少,据统计,1949年时的中国小学毕业生仅有60多万,而当时全国的总人口将近6亿。

2020年我们实现了全面小康社会,步入了中等收入国家的行列。仓廪实而知礼节,衣食足而知荣辱,大多数人完全具备了看书的物质条件,可以丰富自己的精神世界了。但是,找到一本好书,找到点亮自己生命的那本书,还需要一个寻找的过程和时间,大多数人的时间也已然被生活、工作填满。

繁忙的生活,我们的情绪有时候也需要宣泄,需要给自己寻找一点儿宽慰,在空闲的时间浏览一些碎片化的信息来放松也成了必然,这就让阅读和时间产生了矛盾。虽然有了相当的经济条件,有了丰厚的资源,全民阅读量却打了折。阅读是必要且必然的,所以我们更要在与时间的赛跑中读一本好书,调动我们全部的能量寻找到属于自己的那一本生命之书,细细地品读,把它当作朋友,让它伴随你走过一辈子的旅程。

在寻找自己生命之书的过程中,我们要带着问题去读书,当你带着疑问去读、去寻找答案时，自我的感受会更深刻。把自己沉浸在书中，你获得的不仅是纯粹的知识，更是一种雪中送炭的力量。如果你没有带着问题意识去读，你就不可能像前面讲过的钱穆、村上春树、杰克·伦敦等作家有那么深刻的体味。一本书烙印在你的心里，是因为你心底有那个问题，它与你有一场精神层面的对话。

要像古代人探宝，像古希腊人寻找金羊毛一样去找书、看书。读书要趁早，早点儿读到生命之书，你的生命内涵也会不一样。有些书你可能一开始不懂，甚至一辈子也没办法彻底明白，但在这个探寻思索的过程中，你会收获良多。

怎样读书，读什么书

我个人比较推荐爱尔兰作家科尔姆·托宾的《布鲁克林》，还有丹麦作家凯伦·布里克森的《走出非洲》。有些书要有一个寻找的过程，刚开始阅读时你可能抓不住它的神韵。我小学时读《红楼梦》，觉得它太无聊了，整天谈吃，发作些无聊的苦，但后来再读我才知道，宝玉是那么温暖的一个"石头"，来到人间，体察人间的冷暖。

我们每一个人就像一块石头，孤独得很，在人世中遭遇各种各样的起起伏伏，石头上渐渐写满了字。这块石头上的这些字是不是一本小说？这辈子写了些什么？最后这块石头回归了自然，又写满了什么呢？这是我们读书时需要有的思考。

有个朋友曾问过我一个关于小说阅读的问题，他说美国作家卡佛的小说，看了几遍也没看懂，小说应该如何阅读呢？我觉得可以用传记梳理的方法，比如读简·奥斯汀的《傲慢与偏见》，我们要看她从小到大是怎么成长的，她在生命的什么阶段写了这本书，她遇到了什么问题，她为什么写这部小说，里面的人物是一种怎样的现实投射。书是从作者生命中衍生的，简·奥斯汀终身未婚，20岁出头时就写出了《傲慢与偏见》，当时这个年纪的英国女孩子基本都结婚了，她，一个未婚女性面对生活有很多疑问。女主人公伊丽莎白在小说中就表现出了一种对爱情的探寻，所以看小说要看作者的传记，这是其一。其二是了解作者当时生活的社会环境为什么会催生《傲慢与偏见》这部作品。英国工业革命之后，大量工厂出现，更多的工人涌入城市，城市越来越拥挤、生活环境越来越差，英国贵族开始迁居乡下。贵族的生活习惯如舞会、阅读会、音乐会等文化形式传入乡村，为乡村带来了一些新的文化、新的元素，乡村的人吸收接纳了这些新的知识、新的艺术、新的观念，文化的落差被慢慢拉齐。《傲慢与偏见》中出现了乡下原来没有的读书会，傲慢没有了道理，偏见也没有了道理，这是当时社会发展的一个缩影。所以要读一点儿社会史，了解一本书出现时的社会背景。另外我们也需要了解一些当时其他的文学作品，这样可以了解一部作品与它前后期的作品有哪些不同、发生了哪些变化，这样我们才可以发现它的价值。比如，阅读小说就可以从作者的传记开始，知道作家的生活经历、当时的社会背景和文学背景等。

读书是很需要下功夫的，真正读好一本书，不是拿到它以后，只看这一本，而是要把与它相关的一系列书都通读下来，然后你才能说把这本书读好了、吃透了。

谈生活

未来引领中国的人，不会是单向度的人，而是有复杂性和丰富性的人。

年轻人一定要思考世界再往前走会出现什么可能，要多看一点儿书，查一些资料，给自己一个超前性的定位。不要自己还是春天，却忙得像秋天，想要结果。现在的年轻人首要考虑如何开出自己的花来，哪怕是一朵小蓓蕾，足矣。

年轻人应该拥有怎样的生活方式

现在的年轻人结婚后,房子一买,生活基本就不转动了,进入了固定的模式。所以,你会发现年轻人生活得比较粗糙,上学、工作按部就班,生活一成不变。社会在不断变化,但他们始终没有形成自己的生活方式、生活结构、生活内容。生活是变与不变的结合,要有一种均衡的、理想的美感。

比如,生活中喜欢游历的年轻人,需要怎样的漫游空间?

他看了很多电影,是不是也可以去法国里昂的剧院看看?喷泉的外面有喷泉,喷泉里面有五匹马拉着车,拉的是很著名的角色,有很有意思的故事背景。这首先是一个理想,然后化为行动,去当地感受一下风景。这样一来我们对生活有了特别好的期待,又形成了非常好的艺术基础。

现在的年轻人过早地把自己固定了,一开始想上什么学校,毕业后想找什么工作,买什么房,干什么活,魔方人生还没转,自己先固定了一个模式。但随着社会发展、科学发展,全世界不断出现新因素，于是造成了人的流动。流动本来是打破阶层、区域、距离的正向的事情，但另一方面，流动的方向往往也呈现出未改造的样子，还是像封建社会、农业社会等级制一样的，人们只想置身于更上游的生活，于是流动本身无法形成积极的、巨大的效果。如果人在流动中有一种去寻找世界、寻找自己、创造新生活的感觉，那就不一样了。归根结底，以前作为个体的人，他们的目标是由家族、父母、国家来定，自己不定目标。

未来引领中国的人，不会是单向度的人，而是有复杂性和丰富性的人。这种人更清楚自己要寻找的生活方向。将来中国社会肯定有一批终于意识到世界之大、生活之丰富、自己还有很多向往的人，这帮人更有力量。

人生还是要有一种成长。现在很多年轻人不敢谈恋爱，怕谈恋爱谈不好，结婚结不好，将来要离婚。但现在要树立离婚的积极意义，这样一大批人才敢结婚，因为结婚的目的是认识婚姻，结婚好与不好都是自己的一种成长，然后投入更加开阔的生活。将来中国社会，如果人勉强在一起，很麻烦，但是不结婚，又好像缺一点儿什么，不如干脆提高对离婚的认识。只要敢于结婚，勇于离婚，那么结婚便是去探索一种更加丰富的生活。

中国历史在这个时期特别需要一些优秀的离婚人，他们更深刻地理解生活。现在普遍把离婚定位成挺悲伤的事，但其实不是，关键是要离得快，这时候还年轻，互相之间还有很热烈的讨论，如果像以前中国的传统一样，一直残破下去，就会把生命的热情都消耗掉。

唐朝的时候，婚姻比较自由。唐朝之前是大乱世，李家本身有游牧民族的特质，婚姻的再组合从皇家开始，自上而下。到了宋朝，婚姻开始严苛。宋朝人总结唐朝的教训，觉得唐朝人太无耻，没有底线，于是建立起道德威信，"理"至高无上。

以前的人继承上一代的婚姻传统来生活就行，现在这个方法行不通了，下一代人不知道根据什么往前走，于是生活失去了最基本的框架。

这代年轻人基本不受影响，他们的迷茫比上一代大很多。上一代人整体规范，个人的选择性很差，现在给了这代年轻人选择，但他们还不知道该怎么用。

传统中国的特点之一是给人设立统一的目标，以分阶段的方式将所有人向同一个方向整合。而年轻人所面临的问题则是，当他们不再需要去实现这个统一的目标，手中握有选择权时，他们接下来该怎么办？

全球化的好处是，可以看到全世界各种各样的活法，不光是物质生活，还有文化生活、艺术生活，形形色色，社会绝对不会是一个封闭空间，它会权衡如何发展。这样就要学习，比如一个人适合去印度，要对印度的历史、特性有直观的感受，去了互相之间就有交流。中国有个大优势，就是讲融合，讲交流。中国人占全世界人口的五分之一，它的融合力特别大。

但是现在经济发展程度还不够，一个人的空间移动性、全球化能力还比较差，但再往下发展10年、20年，每个中国人的能量跟全世界有更进一步的联结，那时候就会对世界造成很大的影响。因为带着钱走出去谁都欢迎你，以前出国留学都要靠奖学金，将来不一样，将来都是富裕社会的人，出去之后能有新的价值，可以帮助人，比如帮助非洲人去发展特有的原始文化、歌舞、美术等。

欧美为什么领先？因为工业革命后，蒸汽机普及，人们可以渡海到处跑，去美洲、印度殖民，发展力量很强，但野蛮性也很强。现在中国正好处在文明发展的阶段，代表人类现代的水平，富裕强大起来之后，怎么向全世界拓展？这是个新课题。

中国人可以投资，或者做各种各样有创意的事。从这个角度看，中国经济的类型是很丰富的。如果我们人均GDP比现在再翻两番，达到4万美元，那就很厉害了。这也就是未来10年、20年的事。届时人们带着这些文化财富、物质财富走向世界，世界上每五个人中就有一个中国人，这个能量其他国家没法比。但如果人人脑子里都带着殖民主义思想，全世界可能会被点起新的战火，那也不行。

现代的年轻人，因为内卷、聚集效应，在本国内价值是非常有限的，如果挪动一下，就不得了了。比如往南美洲挪一挪，秘鲁有一种羊驼，从经济上看特别好，绒毛、肉都可以利用。这种羊驼很温驯，可以家养，而且特别保护生态，吃草只吃上面，不吃根部。但是这种羊驼一年只能生产一个崽，当地政府很珍惜，不让大力出口。中国引进了几批，一批在山东，一批在新疆。

中国人现在缺的是多样性，如果能真正走出去，就会变成世界人，脑子里聚合的东西多了，创意自然就出来了。

如果在本土生长，就只是单向遗传，树就只是树，如果能多向嫁接、杂交的话，就不得了了。年轻人一定要放眼全球，在未来20年、30年的大视野下成长起来。以前我们嘲笑土财主，再过20年，现在这些蝇营狗苟的人也会被将来的人看作土财主，被嘲笑没有抓住那么好的全球化时机，过得那么局限。

如何打开年轻人的世界

年轻人要打开想象，去换一种活法，但这只是起点。因为从这个起点来看，可以看到很多妨碍年轻人成长的东西，年轻人整天加班，他的时间被剥夺了，人家本来去谈情说爱，去看书，你把他关在那里，剥夺的不仅仅是时间，更是精神成长、聚会、社交，这些形形色色的人生体验。年轻时期正是人的大脑发育、情感发育、想象力最好的时候，现在剥夺一年，等于剥夺十年，以后用翻倍的努力也弥补不回来。有能力的老板，能在八小时内提高效率、优化企业，挖掘出创意，如果企业文化不行，只能靠增加工作量，把青年当机械工具使用，那就毁了年轻人了。

好老板应该轮批去周游世界，每年两三个月，把好感觉带回来，要培养自己为青年着想的社会意识。这要向国外的优秀企业家学习，比如松下幸之助。二战的时候，信息封闭、人民愚昧，但松下幸之助发誓要让每一个日本人都有一台收音机。他以此为追求，为了使收音机平民化，不断优化设计，最后真的推动了整个日本社会的发展。

现在这个时代如果有企业家发奋让每一个中国人都能看到世界上最好的故事、小说、艺术等，那么，好多事情就可以考虑了。比如，搭建电子化的国家图书馆，致力于传播，让每个地方的人都能享受到优质的阅读。这也是这一代年轻人的用武之地。现在的市场有很多没被满足的服务和缺口，有的缺一公里，有的缺几十公里，有的缺几百公里。社会可创造的文化空间很大。

接下来的20年、30年，社会会往这个方向发展，以前可能谈不上充足的文化发展，因为经济发展没到那个程度。以前我们的恩格尔系数中吃的比例占一半左右，现在已经降低了很多，不到30%，但这一代年轻人被住房压住了，他的一大半资产都在住房上。下一代人房子有了，接下来要干什么呢？一定是更重视文化需求、精神需求。

再微小的人，也想要有点价值感，但是现在的基础很差。比如，抖音上，退潮之后，露出大水坑，有人抽水捞鱼；在山西，有人养了头牛，牛很聪明，围着他转，他跟它说话，好像能听懂似的，好多人给他打赏，寄东西给牛吃。现在大量的精神需求，没有很好的东西去兑现，大家都是在用过去的一套文化生产来满足现在，创新的部分太少了。电影一年也不过六七百亿票房，撒在中国社会，还是很少，偶尔出现有几部好电影，大家就很赞赏。比如《战狼》，表现的是一种英雄主义，就很受广大影迷欢迎。

但中国人最根本的东西，并没有被探讨。比如，该怎么生活？很多日本电影会有很治愈生活的内容。比如《海街日记》《小森林》，表面上看起来很琐碎，但实际上是在思索到底要过一种什么样的生活。生活本身要从细节里去挖掘，电影里没有突然买一个很大的、豪华的东西这样的情节，都是讲树上的梅子长大了，板栗熟了，生活里的一年四季，人和人之间情感的失去和找回。

中国青年特别需要一场头脑变革，观念变革，对于生活要有新想法。这需要社会中间组织和公共空间，像西方社会，出版社、大学、各种沙龙、咖啡馆，都是中间组织，人在这个空间里有自主性。西方的咖啡馆是艺术家、思想家的聚集地，它的门槛不高，三教九流的人都能进，形成了很多话语空间。在上海，咖啡馆有7000多家，看着多，但里面的文化生产内容很少，大部分是消遣。

公共空间是个大问题。像大学系统，这几年升级，要求校长首先是政治家，然后是教育家。管理学就是这样，越往上的层级，越从全局考虑，难免忽略个体，但从他们的角度看，这也能最大限度地减少阻力，减少消耗，组织大规模的人生产高科技产品。

这就是国家和社会的矛盾。国家有它的追求，追求中华民族的伟大复兴，社会肯定要屏蔽一些需求，不会让中间组织自己发展、领导。如果两者有共同目标，上下一致，相处和谐，这样会非常好，如果不一致了，社会会衍生各种差异化需求，然后演化成利益冲突。

现在大多数人有情感焦虑。如果换个角度看，我们不认为得不到是一种失去，而是每谈一段恋爱，都对前任有一种深深的感谢和祝福，这种思维方式也许可行。

这个问题在以前谈没用，社会、生活没发展到那一步，现在可以谈了，虽然还不能广泛地去实行。

世界正在经历一场大变动，中国这一代青年会面临大生活、大世界，这是一个前景，但过程为什么还是那么艰难，那么焦虑？九九八十一关，到底要过几关？这需要分类，包括情感的、事业的，形形色色，怎么去理解它，怎么去渡过它。每过一个坎就成长一大截，学会了放下，就忽然一通百通了。就像很多人家里存储了很多东西，买的时候特别需要，买回来几年不用，生活也不受影响，但是扔掉又舍不得。我们就处在这样一种夹层状态，所以就特别需要培养选择的能力、放下的能力。

从婚姻关系来说，要提倡欢欢喜喜地结婚，高高兴兴地离婚。表面上看从一而终是一种美德，但实际上从另外一个意识层面说，是希望每个人拥有风平浪静的生活。

如何理解年轻人的力量和软弱

年轻时其实是人最有冲劲但也最软弱的时候，这个时候他没什么资源，面对整个世界的广大未知领域，感到特别无助，但另一方面，他也有那么多的时间，那么多的可能性，可以做各种事，事情做得多了，积累了经验，也就有了见识和见解。

年轻人要看到自己最大的资本，是时间站在他这边，可以看到时代在大变化，空白不断地展开，里面还有很多的可能性，而不是在现实空间里找个固定位置，因为可能性是展开的，可以预知性地学一些东西。所以年轻人一定要思考世界再往前走会出现什么可能，要多看一点儿书，查一些资料，给自己一个超前性的定位。不要自己还是春天，却忙得像秋天，想要结果。现在的年轻人首要考虑如何开出自己的花来，哪怕是一朵小蓓蕾，足矣。

社会角色，在西方经济学里，一部分人是企业家，一部分人是管理者，这两部分人是有很大差异的。企业家是去创新，去实践，管理者是把一切形成的东西充分合理化、效率化，去除那些自我矛盾、消耗的部分。大航海时代，像哥伦布属于企业家类型，喜欢去闯，而中国以前的培养模式，其实是朝管理者的方向培养，而不是朝企业家的方向去培养的。农民不需要去闯，只需种地多下力气，按老套路，所以历来没有面向未知，没有创造奇迹。

中国的14亿人中，如果1亿人有企业家精神，那就不得了。全球没有任何一个国家可以攒出1亿人去搞创新，要么没那么大的基数，要么没那么高的经济发展程度，只有中国有初步的基础，所以我们国家观念一定要转过来，不能固定在现有的框架里。人类如果发生大变革，这个大变革可能就是中国人带来的。中国的14亿人，现在人均GDP1万多美元，预计2028年，最迟2035年可以达到2万美元，接着再过三五年，可以达到3万美元，那个时候一大批人会有不一样的活法，因为可模仿的阶段已经过去了。

2002年日本有十几个产业，以压倒性的优势优于中国，到了2012年，他们只剩下两个了，一个是数码产业，另一个是汽车产业。其他方面，比如造船、钢铁，日本都不如中国了。现在中国的科技水平、科研水平，已经大大提高，像量子计算机等，已经领先于世界很多了。

因为中国人口基数大，从概率论上说，冒出的新创的东西必然大大增加。

比如国家的物流发展，即便从云南山沟里出来，物流也很快。生产模式的变动，整个国家的活跃度，中国是第一个达到这个水平的。这些发展的基本前提是经济发展到了一定的程度。据数据显示，中国卡车司机现在有3000多万，比有些国家的总人口还多。这个能量不是现实容量，是推出来的，还在不断往前推，像中国的纯电新能源汽车，推广率使用率全世界领先。

这一代年轻人绝不能只看眼前的这点东西，一定要定位自己，要往前看，这辈子我到底要过成什么样？

其实每个年轻人身上都藏着太多好的东西，但是这些好东西现在还没变成自己好的意识。我们对资源的需求大，比如在这个阶段，好大学数量有限，能上好大学的人只占高考总人数的4%。处在这样一个贫富差距大，阶层固化的发展时期，人怎么发展出自己的力量来？

社会发展在经济、政治、文化很多方面是不均衡的。如果社会要获得高度发展，人一定要有相应的专业性，因为现代社会是专业社会，专业一方面是要有系统的知识，另一方面要对当下有敏锐的观察和分析，这样的人才真正适合。

现在的年轻人要有一个观念，随着社会发展越来越快，如果不从固有观念中摆脱出来，就会越坠越深，人生没有那么轻松，要对自己有承担重任的要求。所以走在街上，再艰难也给别人一个微笑，输送一点儿温暖。一点儿温暖送出去，人会收获更大的温暖。这个世界真正的恶人，是自己处在焦虑中，也给他人输出焦虑。好多人觉得人生这么固化、这么艰难，我凭什么要去关心别人，哪有那个余力？越是这样，人越会渐渐沦落到偏黑暗的心境里，这对自我是一种消耗。

我们几十年来，最失败的是社会感情，这是必然的。为什么巴尔扎克写那么多的金钱至上？因为那个时代的转换，是从传统社会的温情脉脉转到每个人要建立自己的利益主体上，跟别人必然是一种竞争、挤压的关系，谁控制更多的钱，谁就有力量。巴尔扎克分析，钱能让瘸子跑起来，能让瞎子的眼睛大放光芒，什么奇迹都能出现。这是资本主义的"恶"，但另一方面我们也要看出"恶"对社会生产力的积极推动作用。恶也是推动力，对金钱的渴望，推动资本去不断改善自己的生产，提高效率。资本主义的"恶"无形中对于生产力有巨大的提升。

19世纪后期，很多作家开始批评工业化，批判金钱。现在是第四次工业革命阶段，在此之前，先是蒸汽机，后来电气化，再进入电子化，一波又一波，有的痛苦是属于蒸汽机时代的痛苦，原始积累的痛苦。

中国把几个阶段合在一起了，中国社会现在是一个叠层社会，全球化阶段，各种形态蜂拥而至。我们既有农业社会的状态，没特别专业的技能，没什么大的竞争力；也有工业化时代大生产的艰难。每个人再纠结也要搞清楚自己的痛苦属于什么痛苦。这里面会分出一种价值层级，因为生命痛苦的层级不同，有的痛苦有很高的价值，比如开公司搞创意，创造一个新东西或者新业态，这时候人虽然很痛苦，但属于高级痛苦。有些痛苦值得自豪。

但是不能把痛苦变成恶，因为结论的痛苦很容易变成恨，变成恶。要把抱怨、排斥、敌对变成一种善，有内核的善，比如企业发展中对高级劳动有强烈的需求，但是你目前只能承担低级劳动，能力还不够，这时候就容易产生焦虑。但这个任务是要自身去提升、转化，如果门是开着的，你没去努力，那就是你自己的问题。现在很多出现的问题都是故步自封产生的。

从人的成长来说，首先要认识世界，打开世界，进行游历，有一个精神漫游的阶段，这期间你对世界各种各样的认识，会超出你的想象。年轻人要有一种既在其内又在其外的状态，做一个旅行者。

生活的压抑感，其实是积累起来的，我们要以一种微笑的态度去看待生活中的事。

在大学食堂吃饭，如果细心观察的话，你会发现人的性情各不相同。有的人刚提起筷子来，嘴巴立马张开了；有的人将饭送到了嘴边，才慢慢地很优雅地抿进去，从中我们可以看出人的各种性格，很有意思。每个人不能要求世界跟你一致化。世界就是千变万化、千姿百态的，但很多人觉得世界怎么不是自己想的那样。因为不一样，世界才丰富。人生要经历很多起起伏伏，之后才会酝酿出一个大变化，像李叔同，他前三十几年风流倜傥，人生后半段时转变了。

每个人都有一种生活状态，一方面自己在活，另一方面还有一只眼睛在看自己，这样走着走着，说不定就会发生一个很大的变化。

年轻人到一定阶段，就开始认识自我。这时候就会有一个选择性问题。要什么价值，跟什么样的人共事，做什么事情，什么最幸福，跟什么人在一起生活，跟异性、同性，还是跟自己，建立起一种什么样的生活方式，在哪儿生活……于是，一切就开始有了计划。

到最后，人才会慢慢达到一个新境界，认识生命。万千生命，不光是自己，还有其他自然众生，它是那么广阔、丰富，珍惜每一个生命，不光是珍惜自己，还要看到这个世界有大量让你心疼、心喜的东西，去做点儿呵护生命的事情。到最后你会发现自己因为给别人做了点儿温暖的事而感到特别幸福。

初期阶段还属于自我阶段，但是如果真正达到无生无死、不悲不喜、从容的境界，生命的重量就是在大生命的、众生的温暖里。

如果从生命的角度衡量，生命的价值或者生命的质量完全是看你能从这个世界得到多少温暖，但前提是你给予别人温暖，世界才会用温暖来回应你，你的目的不是得到，而是你的生命本身有这种价值。

好多人一辈子第一步都没走，整天局限在自己的小房子里，世界是什么样的，完全不知道。

我以前不是一个特别听话的学生，在人群里，又在人群外，有时候跟这个世界，不是感情上的距离，而是很喜欢把人类看成一群和牛、马、飞鸟一样的物种。世上的人，有那么多的愿望和活法。他们上下汽车的时候，是站立的，开车的时候，又像四脚在爬，很有意思。

年轻的时候人对很多事情不能理解，有很多既定的或者继承下来的东西，但生活往往突破了你的理解。有时候爱一个人就是这样，原先在自己的标准里是绝对不能接受的，比如身高、学历，或者某些方面，但是突然遇上了一个人，莫名其妙就放不下，之前不能接受的东西也能接受了。这都有可能。

人生就是这样，现在纠结、痛苦，可能忽然有个契机，有些东西就替代它们了。围棋在唐朝时传入日本，他们一开始先手落子，都放在天元，正中处，忽然有一天，下棋人感觉不需要遵照原先的习惯，先手随便放哪里都行，这下引起了太大的变化，围棋不再因循一个定式了。回过来说人生，有时候我们给自己一个定式，每一步都要走在天元，不是天元不行，但是其实每个地方都可以打开你的人生，可以带来完全不同的变化。

这个时代，年轻人生活的可能性比前几代多太多了。前几代人物质条件差，整个社会的经济、科技都没发展起来，只能是一种大集体式的、像羊群结合起来的模式，但现在不同了。从这一代开始，个体自由了。当然，个体有了自由后，很多时候没办法保证自己的选择是对的，所以又无从选择，自由反过来变成一种限制。

年轻人要如何面对变化

现在年轻人缺乏一种尝试性,总是等着被安排。很多人有一个误区,世界怎么不符合我的想法?可世界哪是为你设计的?你出生在这个世界上,是你来到这个世界,世界不是因为你来才被创造出来的。

所以人要有一些改变性的行为,比如去摆个地摊,去书店、寺庙当义工,这种机会遍地都是,但年轻人太缺乏主动性了。我很提倡学生毕业后有几年"啃老"时间(当然是父母经济条件允许的前提下),去游历,去寻找自己的生活,社会应该给年轻人提供这样的条件、空间,父母也应该鼓励孩子有这样一个探索的过程。

有的人去河西走廊做人文考察,或进行实地探险,他们觉得这样的生活很有意思。我旅行途中见到有个女孩子看到很美的景色,顾不得自己穿着漂亮衣服,趴在地上就开始拍摄,脸上洋溢的就是幸福的笑容。

现在年轻人的生活衔接得太紧,父母希望孩子一毕业就找到好工作,赶快结婚,赶紧生孩子,于是他们丧失了很多机会。父母是上一个年代的人,他们的生活幸福观是那个年代形成的,但是下一代人的前景不一样,他们生活在一个跟父辈不同的年代,我们不能让孩子丧失他们的未来。

如果很多家长想不通，也不要急着让孩子去找工作。过三年再考研究生，这个时候他回到学校，会大不一样。以前我们学习，都是规定好了一个目标闭门学习，人去社会上游历之后再回来，这时候才真正知道自己为什么要学。

女大学生或者女研究生，她们在刚毕业到30岁这个时间段，整个社会环境都逼着她去成家，将她们往这条路上赶。她学了那么多年，这个阶段正是她成长，到社会上体现自己的价值，去做一个专业人的时候，却被压缩到一个框架里，被告知女孩子嫁人最重要。那她此时的生命消耗，即使后面再补，也补不回来了。

有些女性觉得自己是女孩子，很弱，而男性强，所以需要被呵护、疼爱、包容。很多女生沦陷，就是在这里，因为有这种意识，在该专业发展的时候，该努力尝试开拓的时候，她们却忙着去化妆，去讨人喜欢，丧失了生命的内在成长。所学的知识，没有内化成一种精神。

一个好的人生，既在水里，又在岸上。女性很多时候是生活在水里，能感受到温度、水流、水草的方向，方方面面，有真切的感觉，但是就像伍尔夫讲的，她们缺乏空间，缺乏对世界广阔的认识。男性很多时候是生活在岸上的，他们有猎人本性，期望在大空间里到处去寻找、打猎，他的空间感很强，但内在的体会就没有像女性在水里那么细致。人生最好的是状态，就是两种滋味都能体会到。

庄子说的岂知鱼之乐，讲了一种关系的阻隔，人不知鱼之乐。但随着人类发展，很多方面交互起来，在新的创新产业，美术、音乐等方面，女性、男性思想交融，慢慢地，一个新世界形成。再进一步，人的基本的生命形态肯定有一个大变化。

> 当代很多年轻人的状态是这样，朋友之间见面的形式是聚个餐，唱个歌，而诸如逛展览、看戏剧之类的文化消费尚属于少数派，所以即使是交往时间很久的朋友，彼此之间也无法形成更多、更深入的交流价值。

谈社交

年轻人的社交问题,大家都很宅?

从社会心理学角度来理解社交问题,我们会发现,当代年轻人的社交问题不能简单地概括为"宅"。

一个人的社会关系,可以分为初级关系和次级关系。人的初级关系的形成指向自己最初的社交场——家庭,它对个人以后的社会生活影响至深,其中包括与父母的关系,与兄弟姐妹的关系;踏出家庭,进入学校、职场后,社交中的次级关系形成。人首先生活在家庭关系中,上学、工作后,我们自然而然地就将与父母、兄弟姐妹间的这种关系序列带到了次级关系中,在与人打交道上形成自己的一种规范。但现在的年轻人,他们大部分没有这种初级积累。他们在初级关系——家庭里是关系的中心,没有建立起自己的系统性关系架构认知,而学校、职场又是竞争为主的培养体系,他们习惯性地认为其他个人都是竞争对手,表面上大家一块儿打打闹闹,一团和气,但内心仍希望自己能卓然而立,成为受关注的核心,希望别人都不如自己。

所以当代年轻人的社交关系从社会的大视角去分析，问题严峻——年轻人没有很好地建立起社会感情。

他们在初级关系群体中比较孤独，来到次级关系群体的时候，跟同学、同事属于竞争关系，相互之间，专业、兴趣可能都不一样，如果不能及时转换自己扮演的角色，则无法建立起积极的协作关系。这种积极的协作关系恰恰是社交关系的追求所在，就像军舰各部分的配合一样，虽然这个地方发射导弹，那个地方发射鱼雷，还有的地方设置通信，各有各的空间，但彼此协作，能构成一个和谐的体系。

我们目前的社会形态，现代性发育不平衡，专业化分工程度不够高，大部分工作岗位没有非常专业化的要求，工作者与工作者之间互相替代性很强，这就导致互相之间存在竞争关系，每个人都有危机感。这是社会层面的问题。

一方面是我国的圈层文化没有在普通大众中广泛流行。社会学意义上来说，一个人身上包含有很多属性，工作中他是技术工，生活中他有自己的审美趣味、个人爱好等，圈层文化中，可以通过"臭味相投"建立起自己工作圈之外的社交关系。但现实世界中，年轻人忙得要死，整天加班，很难舒展自己在文化圈层里的另外一种身份，也就难以跟同频的人建立起很好的友谊。

另一方面，网络游戏、短视频的兴起，让年轻人失去了对时间的感知，他们时刻处在对时间的失控状态中。一旦他们打开手机，很可能眨眼之间几个小时没有了。这种情况下，人和人之间，自然地、实时地相互交流就减少了，这就给年轻人的社交增加了更多的障碍。

但更深层的问题是，人与人之间交往的价值不足。我国目前的社会形态正处于从纵向社会、等级社会向横向社会转移的过程中，每个人都需要创造空间发展自己的爱好，每个人也需要挖掘自己在社会中立足的基点，不跟别人比单一价值，互相之间的交流价值就会非常高。比如有的人看《哈利·波特》，有的人听音乐剧，有的人喜欢嘻哈文化，每个人关注的点各不相同，相互间交流起来就能提供不同的价值。但我们的社会有传统惯性，大部分人的生活追求目前还停留在吃好穿好的阶段，我们的消费习惯也是千人一面，很难在文化圈层中建立起高价值的深度交流。

当代很多年轻人的状态是这样，朋友之间见面的形式是聚个餐，唱个歌，而诸如逛展览、看戏剧之类的文化消费尚属于少数派，所以即使是交往时间很久的朋友，彼此之间也无法形成更多、更深入的交流价值。

现代性发展完善，圈层文化丰富的社会，人不依靠一种价值体系定位自己，人与人之间交流价值相对较高。比如一个社会，大家都喜欢国际旅行，感受不同的文化，那么旅行之后的收获——五大洲不同地区的人们都有怎样的活法，采集回来的不同地区的音乐、图案有怎样的特色，全世界各民族的绘画、雕塑又有何种独特的审美——汇集了很多新鲜元素，人们互相之间可以交流心得、交换信息，这样的交流，大家都很高兴。但我们的社会生活达不到这个水平，人们更多地还在关注生存，大家生活在一种生活方式里，价值比较统一。

要意识到，我们的社会发展还不充分，个人的差异化追求没有很好的土壤发育，个体的意识、价值观还比较趋同，年轻人的生活特性重合度很高，也就失去了交流的动力。

当然，年轻人"宅"，也有一部分与我们的文化传统有关，中华民族尤其是汉民族，不善表达自己的感情。在这一点上，我强烈建议年轻人出去走走，看看世界，看看其他地方人们的生活方式，比如拉丁文化中特别强调友谊，重视家族亲情，他们团聚时，唱歌、跳舞、拥抱，情感表达很直接、很热烈。我们的文化更多地表现为农耕文明的自给自足性，关起门来过自己的日子，社交性不强，也就失去了一部分社会交流产生的财富。

我国几千年的家族社会传统影响依然很大，导致现今人们的社会交流带有很强的地域特色。但现代社会的流动性又非常大，人与人之间，尤其是陌生人之间缺乏社会感情建设。想要在陌生人间建立流畅交流的信任纽带，目前我们的社会还不具备文化上的储备。

比如，我们国家卖场的售货员，熟人来了会自带一种亲切感，顺口聊一些日常，陌生人来了则表现为一种模式化的热情。而在意大利文化中，男性看到女性穿得很美，一般都会上前闲聊几句日常，并没什么别的目的。我游历波士顿的时候，偶尔站在路边随便看看，马上有人过来询问我需不需要什么帮助。在日本、韩国游玩时，我也有这样类似的经历：记得我第一次去景福宫时，不知道具体路线，就随机问了一个韩国青年，青年说他正好过去，随后就一路陪我走到了景福宫。之后，他才转头离开。这时我才意识到他其实不顺路，只是为了不让我产生压力，才说了这样一个理由。

当然也有一些观点认为，现在社会各方面都发达了，尤其是互联网的发展，促使很多事务性的工作足不出户就能解决。比如日常购物，网上下单即可送货到家，人与人之间不需要过多交流，办事效率也高，但这也导致了人的封闭性。总体来看，这还是一个精神性的问题。世界发展的规律就是，物质的事情由物质去做。比如说，人工智能的发展，图片识别、无人驾驶的实现等，这是用物质去解决物质的事情。按正常逻辑来说，物质充裕后应该解放人的精神，给人以时间和空间去寻求精神上的乐趣，促使人与人之间情感交流的空间扩大、时间增多。

但我们感受到的显然不是这样,至少目前不是这样,人和人之间的交往明显感觉温情不足。这不完全是受农耕文明影响而产生的问题。以日本为例,他们的年轻人在物质层面比我国年轻人好很多,漫画、动画,以及其他诸多二次元文化多姿多彩,很受年轻人欢迎,按说精神世界应该很丰富,但日本"宅"文化依然很流行,准确地说,"宅"成为一种文化,日本就是始发地。再比如,欧洲的文化,以希腊为例,它的传统文化的基本点,立足于交往,强调只有在交往、对话中,个人才能获得新的成长,追求在人与人的交互中撞击出新故事,我补充你,你补充我,最后达到更高一层的精神转变。希腊很早就发展公共空间保证人与人之间的交互,早期的剧场就有这样的功能。通过在剧场安排悲剧、喜剧,诗歌朗诵等各种面向大众的文化活动,促进人们的公共社交发展。

英国的海德公园,一到周末,就会聚集很多人,当地的居民都会跑到户外。这种行为的前提当然是他们是自由的,没有生存的压力。但是对农耕文明来说,场所的公共性向来是被压缩的,哪怕今天最被称赞的唐朝,长安城也是依据不同分工,被分成一个一个坊,以墙分隔,到了晚上,城里还有宵禁,整个城市并没有非常好的公共社交空间。从宋朝开始,城市的围墙才被打破,像《清明上河图》呈现的那样,人们走出家门、走向市场,开始交互,有了市民社会的倾向。

从欧洲历史看，中世纪时期，因为农具的大改革，很多荒地被开垦出来，欧洲农业产值实现了跨越式的增长，剩余产品的增加，促进了物流、集市以及工商业的发展，城市由此增多。这时候开始，人流动了起来，陌生人社会开始建立，个人摆脱了领主统治，身份属性也就发生了变化，人与人之间开始讲求独立。一个人只有在市场上取得了独立性权利，彼此之间有平等性才能产生等价交换。这样一来，人要在社会中生存下去，就需要与他人进行交流，通过整个社会市场将自己与他人联结起来。在此基础之上，公共文化、权利意识、政治生态、社会生活的方方面面才发展出来，进而构造出了脱离小家小户的另一种社会空间。

而我国在漫长的历史时间里都处于农业文明形态，人们的生活半径不会大过自己居住的村落，日常生产、生活都围绕着自己的小院，发展自给自足的小农经济。从经济方面考量，中国又是一个财富分散型的社会，不像欧洲是长子继承制，财产不分割，所以一个大庄园主的城堡，一般都有市场、教堂，人们发生公共交互的空间非常稳固。

我们是在分散的农业文明基础上进行现代化的，现代性社会，必然要求公共空间搞公民社会。什么叫公民？随着社会发展，人在社会中的身份，一开始是子民，再发展是臣民，然后发展成公民。公民有广泛的交互性、对社会生活有丰富的参与性，深入社会的政治、文化、经济等方方面面。

我们培育人才的体系，以前依赖群体，但群体又不是多元化的群体，是一致化的群体，每个个体没有好好发展出自己的个性，而工业化阶段更加讲求标准化、规模化、批量化的生产。00后这代年轻人是我们社会真正主动开始寻找个人的、不同的精神文化的第一代，而开创阶段是艰难的。

印度有14亿人口，但是人均GDP2200多美元，印度的家庭收入里，恩格尔系数中用于吃的部分占了很大的比例，用于发展文化的部分很少；瑞士人均GDP将近9万美元，但人口数量少，所以难形成大的国家群体；美国人均GDP6万多美元，有3亿多人口，它的工农业产值高，国土面积大，所以世界领跑。而我国达成了世界历史上绝无仅有的国家发展成果，人口数量全球第一——超过14亿，人均GDP1万多美元，进入了中等收入国家的高端行列，目前我们正努力跨一道坎儿，进入高收入国家的低端行列。

这个时候，整个社会怎样才能更文明，经济将怎样进一步发展，文化怎么能更加繁荣和创新，都需要一个新的、高屋建瓴式的认知。我们不能模仿别人，也没办法模仿别人，所以要求我们自己创造，社会需要有原创力的人，那么原创力又源自哪里？我认为来自社会中的每个个体的差异性、独特性。我预感，接下来社会上高度发展的产业一定以文化产业为主。不是说物质生产不重要，而是物质只生产物质，解决物质的需求。

我们现在已经走在依靠人工智能、大数据解决问题的路上，比如在汽车制造业，现在几乎全世界的汽车生产商都在积极布局自动驾驶技术的研发，朝着智能化这个方向努力。

所以今天的年轻人身处这样一个时代，你们必须有与众不同的特性、深入钻研的探索精神。对年轻人来说，现在更像是一个创世纪的时代，需要年轻人开创新的文明形态、文化形态、政治形态、经济形态。

年轻人一定要避免无效社交

年轻人想要拥有良好的社交关系，一定不能是静态的，被动的，等待的，不是坐在那里去建立关系，这是不可能的，要"在路上"。一个人要活在"跳一跳"追求目标的状态中，像少年Pi一样，和一只老虎相伴，在有点威胁，有点难度的基础上，去追求一个自己向往的目标。这个目标不能太高，但又要有点超出你当下的能力和习惯，现代人成长的最好方式，就是在现实里看到大量新的人生可能性或者不同的活法。

比如我们要在某地做一个公共空间，做什么内容呢？现成的一种思路是按已有的模式，开咖啡馆，放点书。但进一步想，我们是不是可以做一个旅行笔记咖啡馆？把一些出版社编辑、优秀的青年写作者、人文旅行达人聚在一起，大家来到这个空间后，不仅可以喝咖啡，还可以对接资源。这个空间就会衍生成一个可以分享旅行心情，同时可以补充他人见闻的地方，这样人与人之间的交流就获得了精神性的价值，每个人都打开了自己的精神视野。同时这个咖啡馆平台可以变成一个选题库、资源提供者，甚至是一个故事基金库，还可以接纳很多有其他爱好的人，比如喜欢摄影的人。咖啡馆里的人们在谈什么，相互之间能提供多少独特的经历、观念、知识，这是最重要的。咖啡馆里坐满精神丰裕的人，这个咖啡馆就有了生产力。这种空间的搭建是需要组织力、眼光和人脉的，需要人去游历、去经历，不是坐着能完成的。

现代社会最大的特点，就是能很便捷地把不同的资源聚集整合起来。最好的伙伴关系，就是能持续地做有活力的、新鲜的事，这种事情恰好是社会有活跃的需求的，但同时资源是分散的，所以需要人去统筹。

《走出非洲》是我非常喜欢的一部作品，是凯伦的自传体小说，非常好看，内涵丰富。小说讲述的是女主人公跟随丈夫旅居肯尼亚，经历婚姻失败，然后通过融入当地文化，建立自己的社交关系，活出自我的故事。将这个故事介绍给年轻人，我想表达的是：一个人如何在陌生的地方形成人际交互，活出自我。

现在我们也有很多人跑到肯尼亚寻找人生和未来，也许是因为非洲大陆是现代智人的起源地，人类在这里点亮了文明的火种。在那里更接近自然、更能将人身上的精神特性调动、打开，实现真正意义上的人与自然的交互。

作者之所以在肯尼亚活出了自我，重要的是在资源集中的过程中，她发现，人，特别是文化血脉相连的人聚集到一起，能做更有价值的事。而我也想通过这个故事告诉年轻人，积极参与社交吧，好的友谊、好的社会关系能让你的人生充满惊喜和价值感。

年轻人需要自己建立起人与人文化交往的新形式，就是实现人与人之间的交互，而不仅仅是单向的输出。如果讲的人没改变，那听的人听一听，也就听过了。交互是交流的双方都能彼此成长，是共生关系，这样的交流才是真正地促进友谊、增长感情之道，而不是整天在一起吃一顿喝一顿。年轻人一定要朝着这个方向努力，提升社交质量，拒绝无效社交。

"社死"还是"社牛"？关键是找到"活过"的价值感

现在人人心里都有好奇心，而在这个变化莫测的时代，年轻人没有好奇心是不行的。同时这又是一个非英雄时代，年轻人好像个个都有一点儿小小的丧，用丧来给自己减压，舒缓压力的同时，接纳自己不那么努力，或者不那么优秀的方面。这一点其实很好，有点自嘲，不像传统文化中要求人一定要有圣贤心，架子一定要端着，标准随时横在那里。自嘲也是一种生存之道。

在日本，为什么优衣库那么盛行？以前大家买衣服都是要以奢侈品来彰显自己的身份，现在往往倾向普通化、日常化。普通化，其实就是还原个人的真实面貌。一个人身上必然有个人非常普通、荒唐甚至不堪的一面。承认普通，可以消解必须建功立业的压力，从而对自己的苛求少一些。这是现代年轻人不一样的地方，这也是最初我理解"社死"的一个入口。但实际上我发现，往往说自己"社死"的人，心里的自我评价又很高。

中国青年讲自己"社死"，不是真正的本质性的自我判断，而是一种调侃、自嘲。这让我想到法国的启蒙运动，当时的年轻人也很有智慧，但又很难达到理想中的自我标准，他们只能用一种堕落的方式来化解这种绝望的情绪，最后自己也认定自己非常沉沦。而我们现在的年轻人是一边嘲笑自己，一边继续奋斗。

都说现在的年轻人不想工作，其实这是牵扯了很多因素的问题。在国家大建设年代，每个人的价值是明确的，国家贫弱，所以国家价值就是你的价值，价值感是从群体里获得的，大学毕业后包分配工作，指定个人该干什么，每个人都是大机器里面的螺丝钉、齿轮，对自我、对目标前程都很确信。

改革开放后就不一样了，市场的前提是要有利益主体，每个人都是利益主体。每个人都需要思考，我自己能生产什么，创造什么。我的知识是资本，我的经验是资本，我的社会资源、人脉也是资本，个人将这些资本投入社会大交换里获取自己的价值。

以前的价值感是集体给的，现在你要自己去获得，通过市场进行等价交换，获取价值感。因为没有价值，就没有主体平等，市场也不可能建立。市场的前提是等价交换，等价交换的前提是利益主体之间的平等，但如果自己连利益主体都不是，就没法进行交换了。所以个人在现代社会生活关系中，会感觉是在为自己奋斗。不像以前，奋斗的目标直接关联国家、民族。这两者情况是不一样的。

今天，我国的现代社会关系中，民营企业提供了大多数的就业岗位，大多数工作者就有一种在给资本家干活的感觉。以前大家再苦再累都是为国家，价值明确，但现在整天加班加点，做了半天是给别人创造利润。

其中有生产关系内在的残酷性，我们国家现在还处于中等收入国家水平，一个人选择生产方式的自由余地不大，获得的可支配收入不高，很难保证物质上的完全自由，更不用说实现精神上的自由了，所以在打工的过程中，年轻人想要满足生活需求时，既没法选择，又没有充分的空间去选择，同时也没有价值感支撑。年轻人觉得工作很苦，自己工作只是为了生存，于是就陷入这样一种状态：工作是为了活着，活着就得工作。我们作为一个生产力，一个人力资源，一个劳动力，肯定是被需要的。

但问题是，作为人，除了劳动力价值之外，还需要有点儿精神追求，而自己工作获得的回报——钱，也只能保证活着，不足以支持个人再进一步享受生活，这就有点悲惨。

资本家需要劳动力永续，有劳动力才有盈利的可能，但又不会为劳动力提供实现自由生活的价值，所以，有需求却无法满足的现状下，价值感一定是个人内心的期待，需要自己主动去探索、去追求。而现在年轻人的根本问题是，很多人达不到活得有价值感，自己也不愿意主动去探索生命，于是活得很勉强。

"有两种东西,我对它们的思考越是深沉和持久,它们在我心灵中唤起的惊奇和敬畏就会日新月异,不断增长,这就是我头上的星空和心中的道德定律。"只有将"星空"和"道德"内化为自己心中趋于绝对的原则,形成自我尊严和内在尺度,我们才能在与别人的相处中,既坚持价值和原则,又在更高层次上尊重别人。

谈修养

修养,需要人文精神的养成

在西方,从公元三四世纪开始,社会逐渐形成了一种话语体系——以基督教为核心,每个地区都是教区,每个人都是教民,身处各自的教区。这样的文化会有一个基本原点,比如:《圣经》在西方被称为"万书之书",其中包含着对善恶、信仰的阐释;教义中,有很多人要用石头打死妓女,耶稣便问这些人:你们中间哪个人心里是没有罪孽的,就可以站出来用石头打她。大家都沉默了,因为每个人的内心都有一丝黑暗。

哈佛大学设置一些核心课程,引导同学们了解生活的整个世界。复旦大学也在实行通识教育,每个学生都要选修6门文科、7门理科课程,包括文学、艺术、历史、哲学、天文、地理,等等,通识教育的内容有利于构建一个人生活在这个世界的精神完整性。维纳的《人有人的用处》这本书有个观点非常对——在现代世界里,人只有获得充分的信息,才能真正有效地生活。这里的"信息",我认为是对社会的理解,对自然的理解，对"大"的人的脉络即历史的理解，对当下问题的理解。这些"理解"可以作为衡量一个人是否有修养的指标。比如：为什么进行中美会谈？是因为中美两国在气候变暖问题上达成了共识，有共同的利益需求，为了减缓气候变暖、维护人类共同的生态圈，作为碳排放大国，两国都确认了实现"碳中和"的具体目标。对于这件事，很多人是没有感觉的，甚至疑惑"天气变暖问题为什么要上升到'碳中和'这样的战略高度"。这就是不了解自然，不了解人类工业化进程、二氧化碳排放、气候变暖这些事的相互关系。现在新疆、青海、西藏等地的一些湖泊扩大了很多，拉萨很多山都变绿了，表面上看起来环境变好了，其实是糟糕了，这也是气候变暖的结果，雪山融化，很多生态链就变了，本来草只长在山坡下面，现在往山坡上长了，上面原有的生物再往上走，走不了的就被驱逐、被消灭了。现在人类面临着生态环境变化的巨大威胁，在农业生产、物种保护等问题上存在很多挑战，但许多人没有这样的意识，他缺乏的是"人类"概念层面上的修养，一种普世的情怀，一种对整个"人类"群体的感情，这种修养不是形式上的礼貌或其他细节。

现代人的自我修养：热爱自然、人类、生命

　　现代人的修养之一就是热爱自然。热爱自然的前提是了解自然，同时，将包括万物生灵在内的整个世界看成一个生命有机体，珍惜这个世界。这种修养有待潜移默化地提升，需要我们学会见微知著，比如：为什么中国把野猪列为二级保护动物？现在很多地方的人控诉野猪繁衍速度过快，祸害农民庄稼，为什么政府依然不开禁？还有某研究院决定将20只华南虎放归大自然，我们为什么要对它们进行野化？这是因为我们人类正在与整个世界达成和解。人类好不容易从冰河时期存活下来，在肯尼亚留下了微弱的存续力量，冰河时期结束后才逐渐发展起来，我们对自然一定是有感情的，核心价值即"人是自然的人"。现在很多人活得不自然，是因为他从小就不热爱自然，慢慢丧失了身上的自然性，执着于野心、功名、财富、物质生活，欲望无边无际，我们无法再用自然的尺度去衡量他。

　　生命的美好是有一种"自然"的尺度的。因为人体来自自然，可以说"来自宇宙，回归宇宙"。人如果丧失了自然性，也就是丧失了"人生活在自然中、作为自然的一部分而存在"的天性。一生疲惫地追逐，比如：该睡不睡、暴饮暴食、被各种各样的化学物品弄得花里胡哨、购买不必要的东西……这都

是"失控",失去了自然的根基,活在一个相对的世界,但自然是绝对的,它有一个"大宇宙"尺度。这种"自然"的尺度,在人的修养中是极为重要的。

第二个修养是热爱人类。现在很多人的修养中最缺乏的是自然感情,什么是自然感情?我们面对的这个世界不是一个真正的、全然的按劳分配、多劳多得的世界。世界上还有很多的残疾人等弱势群体,这些人需要社会的援助。如果我们对他们毫不怜惜,认为他们是社会发展的累赘,主张以"安乐死"方式"消灭"他们,这样看起来是一种有效率的方式,实际上,"消灭"弱势群体后,会产生一批新的相对弱势的群体,我们又会想要"消灭"这些人……如此,我们失去的是对人类整体的感情,这样的做法最后威胁的是整个人类。所以我们要关注弱势群体,拿出自己收获的一部分回馈社会,去过一种"付出"的人生。人类之所以能存活至今,根本原因就在于人和人之间有感情,即人具有社会性。人类最大的文明是保护弱者,因为保护弱者就是保护整个人类,否则弱肉强食,不断"消灭"弱者,人的吞噬性就特别强。

所以说,人类的社会感情是特别重要的。现在很多人缺乏这种感情,只追慕强者,为自己谋求最多的资源,满足占有欲、虚荣心,不断强化竞争,使世界的秩序走向"丛林法则"。近代以来,很多哲学家意识到了这个问题,丹麦的克尔凯郭尔[1]就提出——我们人类一开始生活在感官的世界，和动物差不多，一味满足自己的需求，把自我利益最大化，没有原则，互相进行着野蛮的冲突。后来，为了安全，为了大家都能活下去，人类逐渐进化并进入了理性的世界，培育道德、建立规则，在安全的生存条件下，每个人才能生产和生活，找到自己的位置和归属。但是，归根结底，这还是为了自己，是一种尺度之下自保、自立的原则。就像是在资本主义社会中，每个人都拥有规则意识，在合法、合规的前提下追求自己的个人利益。在这个世界中，我们推导不出"为什么需要关心别人""为什么要坚持一些利他但不利己的事情""为什么要实现社会正义"这样的命题，因为这与自己没有重大的利益关系。

克尔凯郭尔认为，第三种境界是信仰的世界。内心有一种"坚信"是很重要的，这种"坚信"不是出于别人或社会的要求，而是自己内心深处有一种不变的、绝对的东西。

这种修养就是我们在面对人类的时候要热爱人类，不是说这个社会有多么美好，而是说"相信"。虽然看到人类有太多的不完美，太多的局限和丑陋，但是想想人类从原始社会到今

---

[1] 索伦·奥贝·克尔凯郭尔（Soren Aabye Kierkegaard，1813—1855年），丹麦宗教哲学心理学家、诗人，现代存在主义哲学的创始人，后现代主义的先驱，也是现代人本心理学的先驱。

天的发展历程，人类文明在不断地进步，所以尽管我们在某一个阶段感到失望，也有人因为战争、血腥而失望，但是从更远处看，人类正是因为"相信"和"希望"才产生了各种文化艺术。如果人类不可变，就一点儿意思也没有了。人不同于物质，人是有精神，有文化，有道德，同时又有信仰的。我们不是遇到一个好的、充满关怀的社会才去热爱它，而是一种更深意义上的热爱——相信人类社会拥有一种向好的、值得努力的价值。用这种眼光看待社会时，我们会生发出一种"投入"社会的热情，面对社会的不公正、面对各式各样的问题，我们想做一点儿新的事情，这个事情是有价值的，最大的价值就是让"人"的不公正有所改变。比如：劳动者应当过着应有的生活，但事实上，因为社会权力的差异、财富的竞争，很多劳动者没有过上他应有的生活，而那些生活滋润、拥有大房子和财富的人，他们的劳动付出和"拥有"其实是不对称的。如果一些富人拿出自己的部分财富去扶助经济发展缓慢地区，去支持教育事业，就会给这些地区带来非常大的改变，因为这些地区的起点很低，进来的资源会发挥巨大的作用，但是有多少富人有这样的心怀呢？社会还是缺乏这种温度的。

雨果《悲惨世界》中的苦役犯冉·阿让在刚出狱时，路过神父家，善良的神父留宿了他，但是第二天离开的时候，冉·阿让却偷走了神父家的银烛台。这个情节很让人绝望——善良的心竟然换来这种行径，但是当警察抓住冉·阿让并把他连同银烛台一起带回神父那里时，神父没有怒骂，没有使冉·阿让沦落到被绞死的下场，而是选择原谅他，跟警察解释说银烛台是自己送给他的。冉·阿让很感动，一个被关了十几年的苦役犯，一个本已不相信世界的人在这一刻被感化了，后来他隐姓埋名，做了一个城市的市长，为穷人办事。为了不把"失望"变成"绝望"，世界以双倍的"善"来对待"失望"，这种热爱人类的感情就是一种修养。

先热爱自然，再热爱人类，因为人类是自然中唯一有意识地追求价值的存在，最后要热爱生命、珍惜生命。每个人都有价值，基本的修养就是认识自己。

我们偶然来到这个世界，活着是为了什么？很多人是以"获得"为目的的，但是一个人究竟需要多少"获得"？很多人不珍惜自己，把自己放在虚荣、竞争等相对价值里，以为这样就可以令人羡慕，但最终又有怎样的价值呢？我们有可能正在"恶"的链条上发力，争取着虚名浮利，仅仅以周围的人为参照人群——"我要过得比他们好"，这其实是对自己"价值"非常大的贬低。真正有价值的是寻找、珍惜自我，懂得这个世界的自由，珍惜个人生命的自由，关注自己的价值和社会需要的价值，确认自己"能够做些什么"，最终做出一些跟别人不一样的事情，为社会增添一些亮光，而不是执着于千篇一律的东西。这时，我们才会有一种全新的生命观。

我觉得珍惜生命特别重要。很多人表面上看起来朝气蓬勃，老年时却总觉得空洞，尽管获得了很多东西，习惯之后却认为它索然无味。我有一些同学，买了五六套房子，现在纷纷卖掉，所以我一直以来都有一个观点——房子的大小是我们的体温能达到的地方，这样的范围才会和我们的生命产生呼应。那些虚无的看似华丽的东西，其实和我们的生命没有关系。所以，珍惜生命，就是将这一生过得有价值，有温度，有情感。

这样的我们会很勇敢，敢于做出许多不一样的选择。比如：为什么很多人的爱情不坚持到底？他们因为各式各样的原因分开，父母反对、同事笑话、条件不均衡等，这些人缺乏的就是珍惜自己的心，他们珍惜的是别人，追寻着别人的肯定。很多人容易将爱情变成商业，本来追寻的是爱情，却在父母的希望、朋友的参照中草率地选择了某个"差不多"的人，将自己在恋爱市场中"处理"掉了。

很多情况下，人不珍惜自己的一个具体表现就是"妥协"，一次妥协就会成为习惯。当妥协成为一种本能时，我们会习惯遇事后退，而好的人生是珍惜自己、逆流而上，也就是坚持自己的判断。

人到底应该如何珍惜生命？首先是生死标准下的"珍惜"，这是无疑的，为了社会正义而牺牲生命是另外一回事。

其次就是为自己建立一种有尺度的生活，制定一个需要费力的目标。社会是有张力的，我们需要在释放自我能量的过程中不断获得成长，一开始有些受不了，慢慢就会习惯，达到目标后制定更高的目标，人的生命都是这样一寸一寸、一点一点地成长起来的。

做到以上三点——热爱自然，热爱人类，热爱生命，我们就拥有了基本的素质和修养。而现在的很多人还没有产生这种意识，更遑论做到了。

人与人相处，如何做到恰到好处地尊重

尊重体现在文明的发展过程中。尊重他人其实处于文明发展的低级阶段。目前社会所提倡的正是尊重他人、尊重各种各样的规则，这些内容都很好，但人们在实际生活中处理事情时，存在一个前提——一旦某个人是"坏人"，我们就不尊重他了。比如欧洲中世纪时被烧死的女巫、宗教斗争中被惩处的"异端"、战争中敌对的双方等，每个时代的"坏人"标准都是不同的。

文明发展的高级阶段是自我尊重。在和他人的关系中，最重要的是自我尊重，也就是说，自己要有一个关于生活的基本价值观念，包括行为方式、"游戏"规则等，不管在怎样

的情况下都坚持这种观念，这是我们人类稳定进化的最根本的保证。

就像康德所说的，有两种东西，我对它们的思考越是深沉和持久，它们在我心灵中唤起的惊奇和敬畏就会日新月异，不断增长，这就是我头上的星空和心中的道德定律。只有将"星空"和"道德"内化为自己心中趋于绝对的原则，形成自我尊严和内在尺度，我们才能在与别人的相处中，既坚持价值和原则，又在更高层次上尊重别人。我们对待一切事物的态度，不再源于外界的肯定或否定，而是出于内心的决定。

人类历史上也有一些这样的"坚持"，比如：在二战中，德国空军和英国空军激烈作战，但双方都坚持一个原则——坚决不打飞机被击中后的跳伞飞行员。二战纳粹德国空军总司令赫尔曼·戈林最后作为战犯被处以绞刑，他在行刑前一天晚上服毒自杀了。二战期间他视察德国空军时曾发生过这样的故事：他问一位德国空军英雄"如果你在前线战斗时击落了一架英国飞机，飞行员跳伞逃离，他杀死过很多我们的同胞，所以我命令你击落他，你会怎么做"，德国空军英雄回答"我绝对不会执行这个命令"，戈林听后笑了，说"这正是我希望听到的回答"。这个故事就体现了原则的超越性，这种神圣的原则超越了战争的残忍和杀戮。

在人与他人的关系中，我们需要一些一生坚持的神圣原则，这种原则的形成需要人文的、社会价值观的沉淀和积累。有时，我们的价值观是颠倒的。比如：很多人嘲笑宋襄公，在泓水之战中，他本来完全可以指挥宋军趁楚军渡河的时候偷袭，但是宋襄公不愿意乘人之危，等到楚国渡河、排兵布阵以后，宋军很快全线败退，宋襄公也因此沦为历史的笑柄。我本人极其尊敬宋襄公，因为他是有尊严的、遵守原则的，即使最后失败了，也不失为一位英雄。

我们的历史上有太多的动荡，人与人之间缺乏预见性，充斥着实用主义、机会主义，这是很可怕的。

从当今社会要弘扬的精神来讲，我认为人与他人的关系中应当有一种高贵的自我尊重。当我们达到这一点时，哪怕别人一开始认为我们的做法不对，对我们态度不佳，最终也会了解我们、尊敬我们，因为我们的原则始终是恒定的，所以尽管有时别人不接受我们，也会信任我们。

看一个人美不美，实际上还是要归根于他的生命观，他对生活的理解。美不仅仅是视觉感受，还暗含了背后人对生活的理解，对历史的理解，对社会的理解。美不美，不能只看外表，还要看见背后那些深刻的东西。

谈美

对美我们要有一种历史性认识

十多年前,北京电影学院招生时,有一位老师说,招演员的话,女生一定要漂亮,男生要帅,要不然没有票房。十几年前我们对美的认知是这样的,那再往前呢?对美,我们首先要有一种历史性的认识。自古以来我们对美的需求是什么。

总的来说,我个人认为,美是一种需求。美的永恒性在于它的自然性。古希腊时期,大家都认为均衡是一种美。如果我们在两只眼睛中间放一条对称线做微分析,放大之后观看会发现左右部分是有一点儿不对称的。这是胚胎在生长过程中形成的一种相对完美的遗传优势。这是一种天然的均衡。

从历史上来分析,女性是越来越漂亮了。这是一个选择问题,即优势遗传。一些非洲的男孩,一出生就被打断鼻梁骨,因为他们长大以后出去打猎,鼻梁骨最脆弱,最容易受伤,有些男孩因此就被这样残酷的生存选择淘汰了。

当年去云南劳动,我们那群城市青年很苗条,但当地的傣族人看我们不觉得美,他们认为健硕、利于生育的才为美,彼此欣赏的标准不一样。19世纪俄国的陀思妥耶夫斯基就说,因为认知差异,大家审美的标准不一样。就像黄山的挑夫不觉得黄山美,他们反而更期待山路别这么陡,能走得轻松一点儿。

我很喜欢李泽厚关于美的观点。李泽厚讲美,不是主观的,也不是客观的。他认为要实践美,人在实践过程中释放自己的创造力。人要在与自然、社会的关系里,释放一种创造性。他认为这是美的核心部分。对此我深表认同。

在革命年代,我们很强调革命理想。不只是革命理想,全世界范围内的其他理想也都非常好,像基督教提倡的绝对的善,没有自己的私欲。教义要求人人为善,以他人为先,但高要求又给人造成了太大压力,所以产生伪善。后来新教改革,重新提出理论,要求信是第一位的,因信成义。上帝选不选你,是天选,有不确定性,但人只管信,只管绝对的善就好了。

理想也牵扯美的问题。美首先是人性美好,社会美好。在人性很脆弱的基础上谈美、谈理想主义,站不住脚。革命年代的美,讲究奉献,在宏观层面考虑为国家、为民族的付出。转入和平时期,尤其是改革开放后,我们提倡市场化。

市场化首先要建立利益主体,没有利益主体就没有市场。而市场要求人人等价交换,等价交换的前提是,大家都是平等的,在平等的基础上,劳动是平等的,利益也是平等的,这时候人就有了私利。在理想主义渐渐消退,新的价值观又没确立起来之时,社会就陷入了比较复杂的情况。看一个人美不美,实际上还是要归根于他的生命观,他对生活的理解。美不仅仅是视觉感受,还暗含了背后人对生活的理解,对历史的理解,对社会的理解。美不美,不能只看外表,还要看见背后那些深刻的东西。

我接触过很多特别有思想、内心特别美的人。他们或者做义工、做公益,或者去西部搞绿化。有一个浙江老板来到农村种了两千多亩火龙果发展当地经济,还有一个北京女孩子去云南山区成立景颇族文化保护中心,他们做得很艰苦,但这些人很美。现在很多人看到这样的事迹觉得有压力。为什么?现在的人排斥他们做不到的事情,但还保留一点儿理想主义,自己做不到,拒绝就成为最好的方式。

现在的社会,并不是大家认为的颜值决定一切,而是时代拉开了一个空白。

我觉得最美的人还是那些纠结的人,就是那些整天发愁、自称"社畜"的人,他们一边叫苦,一边干活。如果人只是叫苦不迭,就会陷入虚无主义,闲游乱逛,这才是真正糟糕的。

这些自称"社畜"的人虽然叫苦，但还是在北上广深这类大城市兢兢业业上班。他们通过自嘲的方式获得某种心理的纾解。这些人虽然焦虑纠结，但本质是美的。今天时代的美是纠结美，只有纠结才能串联起传统和现代，不纠结的人是很单面的。日本作家谷崎润一郎的《阴翳礼赞》中说得好：我们不是在事物本身中发现美，而是在阴影、光明和黑暗的模式中发现美。我们现在恰好处在这个很复杂的时代。这是大有希望的时代，可能有一个"丑陋"的起步，因为完美的东西都是以前形成的。

转型时代的今天，第一代人要自己摸索，自己定位。我们那个时代上大学都是国家分配工作，从来没想过自己选择什么，分配到哪儿。但今天的人就是要不断地做选择，考虑自己做什么工作，创造什么价值。我有很多学生毕业工作几年后再辞职，他们辞职的原因很多时候不是钱多钱少的问题，而是工作能不能体现生命价值的问题。是不是自己喜欢做的事情，跟自己内心热爱的生活有多大的距离，这是他们衡量一份工作值不值得的标准。

这个过程就产生了纠结，因为生命价值不是现成摆在那里的，需要我们去寻找。找到自己的安身立命之所，是我们的历史使命。

所以我还是赞成实践。美是一种实践。在今天这个纠结的时代，我们尤其要强调实践。坐在房子里空想，越想越纠结，不如去做一些新的事情。在做的过程中，我们建立起跟世界、社会以及各种人之间真实的、丰富的联系。在这个过程中，你的内在美，你的创造力，你坚韧的力量就释放了出来，所以有焦虑、纠结不要怕，破除纠结就靠实践，美就在实践里。

为什么现在的审美趋向中性化

有年轻人问我：现在很多男生把自己打扮得有点女性化，也有很多女生偏向男性化装扮，对这个问题怎么看。这不仅仅是一种中性化。一方面，这种现象打破了传统文化对男女性别的锁定，是一种自由的彰显。人类社会分成两性以后，表面上是对性别的清晰化，但实际上是某种程度的复杂化。同性恋从性别上来看，他们相处的关系就简单得多。如果秉持中性的态度，把自己的性别模糊化后，人跟这个世界的相处就减少了很多因为两性矛盾而产生的问题。人中性一点儿，就使得个体和社会不同群体之间有很大的对接度。中性，我觉得更大层面是社会心理学的问题。

中国是个传统的农业社会，农业民族的习性是希望风调雨顺，整体民族的个性是不尖锐的，比较柔和，骨子里也比较安顺。在农业社会的大背景下，郑和下西洋转了两圈就回来了，对比之下，哥伦布探索新世界之后西方开启了大航海时代。

另一方面，这也跟我们养育孩子的社会环境有关系。以前的孩子们，比如在农村的，会割猪草、养鸭子、挑水等。城市里的孩子因为当时中国家庭物质还相对贫乏，也会做一做家务，给邻居送送报纸等。这种锻炼培养了孩子内在的韧性，实际上是必需的。

而独生子女政策，把这一代人方方面面都保护得很好。因为上一代有个心结，他们不希望自己受过的苦再让下一代经历，于是像褟褓一样把孩子保护起来，从小到大都没让他们受过什么磨炼。这其实是害了下一代。

于是他们的成长就出现了问题——儿童时期很可爱，少年时期就缺乏一点儿阳刚之气，到青年时代问题就会更加突显。这几个时期环环相扣，早期的力量没有被激发出来，到下一环就更难修正。

我在云南插队时，当地的少年常常入深山打柴，十几里山路上山爬坎还要挑柴回来，这是很强的磨炼。在这个过程中他要培养一种持久力、耐久力，建立一种内在性格。现在我常听很多大学生讲自己坐高铁去哪里需要六七个小时，旅程很累。

我听着深感几代青年的反差之大。以前我从上海到昆明坐火车要63个小时，那时的绿皮车没有空调，只有头顶一台电风扇，夏天过湖北湖南时热得浑身搓泥。卧铺更是一票难求，人睡在座椅下面甚至行李架上，这样的情形我都经历过。

我们对新一代的培养，比如在家庭内部的培养，不仅要有劳动性的传递，还有伦理关系、社会关系的传递等。

现在的青年要经历比坐七八个小时高铁难太多的事情，要去工作，跟形形色色的陌生人打交道，受无数次委屈，遭遇无数次不成功，想要谋得生活独立很不容易。这个时候他内心的那种孤寂在看到有点阴柔或者很飒爽的影星时，可能会获得很大的宽慰，好像无形中找到了一种可以释怀的东西。

这也不是中国独有的现象，我们的近邻日本也有类似的情况。我在日本教学的时候，2002年去看演唱会，演唱会上的男孩都是歪歪扭扭站不直的，好像病恹恹的，但底下的欢呼声很盛，大家觉得这样的气质能跟自己对得上。日本男性毕业了要求职，提前一个月就开始护肤，贴面膜，大家普遍这样做，所以男性护肤品市场占比也很高。以前化妆是女性的专利，我记得一份大概15年前的统计数据，全球军火贸易一年的数额是6500亿美元左右，全球女性化妆品的市场产值也有6000多亿美元。现在男性化妆品的市场份额也赶上来了。这是我们今天所处时代的一种精神状态的体现。

审美和审丑,该怎样界定

审美要在实践中,它是一种实践美学。我认为审美,关键是要找到一些生活里被遮蔽的、有实践性、创意的东西。生活中我们应该挖掘一些创造性的内容,但往往一些创造性的东西在别人看来是有点荒诞的。

《堂吉诃德》就是一本笑料百出的书,但其实这里面写的是一种最美的人格。主人公一辈子读骑士书,到老的时候他出去闯荡,他的生活是跟正常人反着来的。他看到羊群以为是恶魔就冲过去,看到大风车也去挑战,但这本书呈现的不是情节荒诞的问题,而是当时的时代问题。他去冲杀羊群,人们就会痛打他一顿,哪怕把他当成一个疯子,也不会有怜悯,不会有同理心来理解他内心深处的单纯、勇敢。所以这是社会本身的问题。

有时候,事物最有价值的那部分往往跟世俗的价值观相反,跟环境有点格格不入,然后就呈现出某种荒诞性来,最后被边缘化。

我非常提倡审美要携带一种让人落泪的笑的元素。审美就是要打开生活里被埋没、被隐藏的东西,好的审美暗含一种悲剧性。

世界主流审美是趋向于普适性的美好的,如果从这个角度看的话，就是人和世界的冲突，人和社会的冲突里有太多黑色幽默性质的东西。西方就有黑色幽默的传统，像《二十二条军规》所体现出来的。审丑就不一样。审丑其实是审美的一种异化，是审美的另一种"表达"或"表现"，如果从幽默角度看，可以看到很多表面欢乐、内核糟糕的价值观，就是呈现出一种虚假的繁荣。

社会生活中有一种规律，大家都想从别人身上找幸福感。如果是没有操守的人，他可以让所有人快乐，因为他没底线；他可以降低任何标准，不坚持任何东西，然后取悦他人。这种人其实是奴隶性格，生活中他貌似过得风生水起，但实际起到的作用是放大人性的弱点。审丑实际上能审出人性，我们自己笑了半天，最后才发现是在笑自己。

社会生活中，存在很多"格格不入"的人，有些确实是假装的、骗人的，但有些真的是有情怀的。当对这些人的判断不在大众逻辑认知里，大家就觉得后者是装的，便会用个人的认知来"杀死"一批有情怀的人。

这种现象最早在《诗经》里就有所反映。《诗经》里的《黍离》篇中有"知我者，谓我心忧；不知我者，谓我何求"一句，反映的是一种为国为民的忧思，而不懂的人就不知道这是在表达什么。审美就是要把更内在的东西挖掘出来，呈现出一种喜剧性或者悲剧性。

谈艺术

自由，是艺术本质的东西。

人类能发展，其实全靠艺术的能力，就是不断打破局限，追寻自由。

到了青年时代，我们开始接触社会，有了自己的想法，逐渐想清楚自己要做一个什么样的人。这种自己诞生自己的过程，就是艺术化的过程。

艺术本身，带给人一种精神的宽度、精神的释放。

艺术不仅是绘画、音乐，艺术是原创，是自由

艺术并不是很玄妙的。艺术的要点，首先是原创。艺术不只是绘画、音乐、文学，工业技术的创新也是艺术。乔布斯就坚持把苹果的产品作为艺术品来设计。德国的工业设计又叫技术美学，德国人做东西，干净利落，不花里胡哨。日本人追求产品的精细化、精美，所以成本相对较高，但做的每一个成品都特别漂亮。

艺术，首先要有原创性。新事物被创造出来，它不一定是艺术，但就这个转变过程而言它体现的是一种创造性思维。

这就又涉及艺术的另一层定义了，创造性背后是什么？就是自由。人类一开始是不自由的，早期人类生存靠采集，自己不能生产，没有进入农业时代。后来我们才逐渐地脱离对自然的依赖。

人类能发展，其实全靠艺术的能力，就是不断打破局限，

追寻自由。人类从依附的自然中一点点脱离出来，脱离出来的途径，就是不断原创，之后不断地扩大自由，让人能自主。

自由，是艺术本质的东西。

这个世界，不管做什么行业的人，都可以分为两种。一种是继承性的人。我们可以想象一下，如果让两代人突然交接，一代人整整齐齐80岁，一代人齐齐整整18岁，上一代有多少东西需要下一代继承。继承是社会发展的基本需求，是维持整个社会不断往前走的助力。继承需要工匠精神，兢兢业业地把自己的活干好。

另外一种是承担"变异"功能的人。这部分人，是要创造的。就像生物发展规律一样，基因除了遗传，还会发生变异。如果一直继承的话，物种就会出现僵化。人类改变的需求就是艺术发展的契机。

艺术的背后是自由，原来大家都是做规定动作，现在要做自选动作，要做出一些新的不一样的变化。放眼世界，艺术是推动社会发展的巨大车轮之一。如果单纯认为艺术就是电影、音乐、绘画，那就理解偏了。

艺术的无用之美比有用还厉害

我们现在常说的无用之美，本质并不是无用，而是美学里的无功利化。那么，为什么说是无用呢？人是价值动物，在现有体系里找到价值点，依凭价值做事的路径是很清晰的。但现在我们要自由，就没有任何凭借。世界上有100条路，我偏要走第101条。你不知道第101条路在哪里，也不知道这条路会通到哪里。

我们绝大部分人是认可黑天鹅原理的。看到天下到处都是白天鹅，你会形成一种自我判断，认为天鹅都是白色的。一旦有人见识得多了，视野扩大了，发现一只黑天鹅，他就会打破旧有的认知定式——原来这个世界上竟然还有黑天鹅。自由就体现在这里，一个人去寻找黑天鹅的时候，他不知道黑天鹅在哪里，也不知道有什么用。

所谓的无用，含有两个层面的价值。第一个层面是打开世界的未定性，继承性的行为承载的是世界的确定性，而探索无用之美的行为彰显的则是世界是可漂移的，能让社会保持呼吸的活性。第二个层面，所谓的无用，是否定美学占据了主要位置，否定现有的，但否定美学背后是肯定美学，肯定未知的部分。只是这部分用我们现在的逻辑是罩不住的，只能说无用。古希腊苏格拉底等人聚在雅典广场讨论世界是什么，是物质的还是精神的，这些对一般人来说并没有什么用，大家该干什么干什么。但是后来人们才发现这些讨论多么有用，它帮助我们理解世界，寻找世界的内在逻辑、发展规律。这就赋予人以一种思考力，一种否定能力，自我的批判能力，然后不断地扩大我们和世界的关系。所以有时候无用比有用还厉害。

年轻人要怎样去学习艺术

  艺术分为两种。一种是传统的艺术，音乐、绘画、电影等；另一种是行动中的艺术，就是这个人活得跟别人不一样，行动中的艺术不一定体现在传统艺术领域。

  世界有两种生活状态的人，一种是生活艺术化的人，一种是艺术生活化的人。

  生活艺术化的人，他就在常规里生活，衣食住行，生老病死，婚丧嫁娶，他也有情感需求、娱乐需求、精神需求，会看看电影，听听音乐，欣赏绘画等等，但本质上他还是一个在现实中生活的人，只是给予生活一定的艺术化，显得浪漫些。

  艺术生活化的人，渴求的是变化和自由的生活。这个世界上的任何事物之于他都是艺术原料，他把自由放在第一位，也不跟人争利益，争得失。世间万物都是他的观察对象，哪怕是现在年轻人深感为苦的工作，也只是他生活在这个世界上的基础，职场争斗、各种利益等也不能引起他的兴趣。这种人的一生活得像一个精灵。艺术生活化的人，才是艺术家。艺术本身，带给人精神的宽阔、精神的释放。

如果艺术家都变成很现实的人，大家都去争斗，这个世界就会失去很多创造美、实践美的人。正因为有这些人存在，他看世界的一切，包括自己都是一种材料，也就不会传递焦灼的情绪，不会跟别人比争高下，得和失作为自己的生命体验，也看得很从容。艺术生活化的人也会感染更多的人，让大家可以更宽解这个社会。

德国战败后，家家户户吃不饱，但有的家庭宁愿少买一个面包，也要买一枝玫瑰放在餐桌上，以艺术的心情过日子。俄罗斯经济不好，但莫斯科大剧院天天晚上一票难求，有些人没有艺术就是觉得不行。我们中国14亿人，目前还有特别多的人没意识到自己可以过上艺术生活化的人生。我们总被教育做人上人，在此观念的笼罩下，很多人的艺术需求被蒙蔽了，而将来会有大批的人转移到艺术生活化这个轨道上来，逐渐理解艺术是什么。

人都有第二次出生的机会，但又不是所有人都会实现第二次出生。第一次出生，不是我们自己决定，很荒诞地就来了。到了青年时代，我们开始接触社会，有了自己的想法，逐渐想清楚自己要做一个什么样的人。这种自己诞生自己的过程，就是艺术化的过程。

好多人没有这个过程，一辈子就在原有的轨道上浑浑噩噩，不能认清自己内心的纠结，只觉得活得闷。当然也有人明白自己就是个现实的人。其实只要自己有思考意识，知道自己的限度，知道自己能做什么程度的事情也很好。现实的人，就兢兢业业；艺术的人，就追求艺术人生。

在经济界，也有这样两种人。一种是企业家，专门去创新，不停地去探索，把产品做到极致，像乔布斯；另一种是管理家，把新创的事物效率化、合理化、完善化。企业家就类似艺术家的角色，可以打江山；管理家就是守江山，把一切规划得井井有条。社会要良性发展，这两种人是都需要的。

附录

梁永安 答读者问

Q: **作为文化学者，或者稍微有点责任的媒体，应该怎么注意社会阶层问题呢？**

A: 我主张对事不对人。中国是叠层社会，有古老的农业文明，有工业化文明，还有后现代文明，这种文化叠层不可能一刀切下去，所以这个时代我们行事只能对事不对人。做新事特别强调建设性。现代社会有很多分散出去的领域和空间，需要大量专业的、有技能的、有特性的人，一点点聚合，不断分工细化。我们需要做的是撇开意识形态，看事情本身如何。比如我们国家高铁运营的总里程超过了4万公里，高速公路的运行里程超过了16.8万公里，交通网络重建了城市，中国人的空间格局也变了。以前我坐绿皮车从上海去昆明需要63个小时，人的大部分时间耗费在路上，国土的联结很松散，现在我去昆明只需要12个小时，国土间的联结紧凑了，更关键的是大山里的特色农产品还可以通过通信网络销售出来，原来大门不出的傣族妇女也可以做生意了。当初孙中山先生"人尽其才，地尽其利，物尽其用，货尽其流"的理想，已经有条件创造出来了，所以，现在是一个创世纪的时代。但现在的创世纪形态是倒置的，我们先有了物质建设，而真正的创世纪是先有光、思想和意识。我们当代比较突出的问题是，个体很有价值，但完全意识不到自己的价值存在，因为大家忙着买房、买车，压力大得一塌糊涂，苦得很。这一代人有其巨大的历史价值，但个人还感受不到。所以，从我个人来说，要打通个体和时代的封闭性，在这个过程里，给个人赋能增值，把他的价值释放到最应该释放的地方。

Q: <u>老师您多次提到，有条件的人应该去游历，那没有条件的，该怎么做呢？</u>

A: 一个家里很穷的人，上学不容易，学成后他要进入社会挣钱，这其实不是钱的问题，是伦理性问题，我们要有一条基准线来衡量。人首先要达到一定的生存线，获得最基本的、有尊严的生活。这是以人为本的考虑，不是单纯地挣钱。这个时候我们没有任何借口，先达到生存线再说。

社会突出的问题是，温饱线之上那些人的选择，非常标准化。这些人的生活结构里，文化投入比例多少，旅行投入比例多少，学习投入比例多少，人和人之间的交流投入多少？电影、文学、艺术、音乐、话剧，这些创造出来的内涵非常丰盈的东西，又有多少投入比例？我们国家现在最消耗家庭财富的是房产。我们今天不主张革命，不说彻底改变，但如果每个家庭肯拿出相当于4平方米房子的基金做文化消费，那国家将不得了，它的衍生产值会特别高。看电影的人多了，买书的人多了，小众就会变成大众。人以群分的时候，文化生产、文化消费、文化传播，就对上了，投入少的话，很多东西的价值就发挥不出来。我们现在强调渐进地变，一度一度地来，最终180度彻底转变。

中国在全世界最大的优势，就是人。穷的时候，人是负担，但现在我们人均GDP1万多美元，人已经不是负担了。中国最大的强项就是人气。我在上海最不怕等红灯，反而很高兴，因为我喜欢看车，通过观看各种各样的车，我觉得中国太有希望了。为什么有希望呢？因为我看有的车设计得那么丑，居然还有人买。中国生产的东西，只要做出来，就会有市场，就会有一定的收入。

西方家庭生活用品中有不少产品是从中国进口的。我有一个学生专门做进出口贸易，每个月都有集装箱运到欧洲，里面是一些中国批准出口的古董。这些古董历史不长，但量大。欧洲人为什么喜欢？因为房子里摆上一个来自遥远东方的东西，家里就有了一种时空感。五四运动以后，我们国内的需求是越现代越好，精神基础有点单薄。历史就是这样，中国古代没有贵族文化，因为皇权打击豪强。西方现代化转型转得比较好的国家，都有贵族传统，像英国、日本，它们有贵族精致的部分，社会也有模仿的对象，有一个焦点。中国古代是均分制，财产层层分化，造成了对艺术、精神的要求不高。

另一方面，我们也缺少足够多的对社会文化有传播作用的艺术中心、文化中心。大家都觉得现在是劳动"996"，这讲得很平面，其实它也是历史遗留下来的问题。一个现代社会的形成和转换，是一个缓慢的过程。

Q: **有时候会感到很困惑，身边很多年轻人，不知道他们真正的热爱在哪里，好像没有明确的追求、目标、喜好，没有痴情，不知道他们把时间用在哪里。**

A: 现在是一个浮情时代，不是长情时代，什么都是在不停地更新。比如追星，追是一种好文化，但问题是抛弃，追过之后又不停地甩掉，没有长久陪伴自己的东西，人都是一次性消费的状态。这样的话，现在的人就会像浮世绘一样，很多东西是樱花式的生存，只有一个一个瞬间。

以前人们会生产很多需求旺盛的手工艺品、艺术品，生产者也是很争气的，在产品里下很大的功夫，东西可以传家，有审美性，有欣赏性。现在不同，现在是批量生产，表面上是生产产品，实际上是生产人，生产跟物质快速转换的一次性的人。

年轻人不知道真正的热爱在哪里，其实是没有形成自我。这需要一个过程。自我的形成是，过去的人的生命不断打开，逐渐内和外产生了对话，不断把生机勃勃的东西化为内在，然后慢慢扩大，最后有了相对的对世界的确信感和自我价值感。这个过程是不停地在探索变化的。

余华的小说《文城》的主题是寻找，神秘的女人出走了，一个男人抱着孩子，走了几千里路去找孩子的妈妈。这有点儿像《荷马史诗》，故事的开始也是因为海伦出走，希腊国王带兵去找，其中有一种很古老的心怀。《文城》里男人为什么要去找那个女人？按现代人的想法，人跑了就算了，反正这个男人有钱，再讨个媳妇。但对男人来说，她是唯一的，要帮孩子找到妈妈，真正实现跟自然相融的人伦关系。年轻人现在缺乏这种寻找精神，这种史诗性的精神。

Q： **梁老师，我们现在最大的困境，是很难爱上一个人，很难全身心去付出，好像时间不够、精力不够、金钱不够，也没有能力去爱。原因是什么呢？**

A： 以前的人情感生活比较简单，20世纪50年代，我们称女朋友叫未婚妻，男朋友叫未婚夫。婚，这个字很特别，听上去就比较踏实。现在的男朋友、女朋友，听上去就比较虚无缥缈，听着就像随时可以变化，可进可退。

以前的社会风气下，两个人谈恋爱，未婚妻、未婚夫一旦有了问题，舆论就对他们造成很大的压力。因为当时的社会生活是在农业社会的结构里，传统性起了很大的作用。

记得在一次文学讨论会上，一个女作家说她最大的愿望就是回到封建社会，那时候多简单，父母指定跟谁结婚，就跟谁结婚。结了婚以后如果自己觉得很痛苦，和对方合不来，也不会骂自己瞎了眼，因为这都是安排的，所以心理负担就轻多了。

现在另一半都是自己找来的，这也造成我们今天的焦虑，你想过的人生都是自己选择的。你的孤独、飘荡，你的不安、欲望，其实都是从农业社会过渡到工业社会的一种必然，这个过程，只能自己承担。

20世纪90年代开始，国家的建设很快，工程建设、隧道建设、高铁建设，都没有那么难。东方明珠、欢乐谷，也比较快就建好了。

这些物质性变化其实不难，这个世界最难的是人的精神建设。现在这个时代，很多人觉得谈不好恋爱，感情不好维护，看似是个人的问题，但从根本上来说，其实是社会的问题。因为我们的社会需要一种和之前农业社会完全不一样的社会情感。

Q：为什么在婚姻中，在爱情中，人会有孤独感，即使很相爱，每天也会有想"杀死"对方，与之离婚的冲动？

A：在农业社会，人们对周围的世界很熟悉，可能一生都不会离开那里，而现在的流动社会，意味着人会在自由生长的环境里遇见形形色色的人。

所以，我们凭什么要去爱一个陌生人？我们凭什么要用温暖的心情去面对冰冷的物质世界，以及同样冰冷的人情世故？

我认为凭借的是一种链接，一种同气相求，一种价值观的认同，而这都是很微妙的感觉。这种感觉来自哪里呢？我觉得是源自共同的认知。但这种认知有时会不统一，会有不一样的需求和变化。人时刻变化，需求、状态、情感，都是流动的，没有流动，人就成了木头人。

我们是鲜活的人。我们热爱土地，热爱人类，热爱社会，热爱光明。在热爱的过程中，我们学会一种面对世界的态度，有时面向白天，有时面向黑暗。

就像人与人的相处，也有两面性，我们有时愉快，有时难过。难过的时候想"掐死"对方，愉快的时候又觉得对方无比可爱。是不是很矛盾？婚姻和爱情就是这么复杂。在复杂中，我们学会了爱，学会了与人相处，认识到自己和对方都是多变的，这是一门功课。

Q： **梁老师，爱的基础是什么？什么样的情况下，人才能更好地去爱一个人呢？**

A： 两个相爱的人，他们精神上是很宽广辽阔的。爱本身就是一个有大格局的事情，不是房子多大、车子

几辆、收入多少。

这个世界是有灵性的，一个有灵性的人，肯定是热爱生命的，看到树木生长，看到群鸟飞起，他有情感触动。

我在云南劳动时，当大雾弥漫，山林深处传来咕噜咕噜几声鸟叫，我会感觉世界特别新奇，这就是万物有灵。一个人热爱土地，热爱生命，他才能真正地去爱别人，爱自己。这是相爱的基础。

现在的人的生活过得还比较窄，从小到大是一元化的教育，传习了农业社会里的单一性。单一性就是你吃得饱、穿得暖，有自己的一块地，找一个门当户对的人，然后和他在一起生活。以前我们的年画上画两个胖娃娃，一男一女，抱着大鲤鱼，它就代表了人们最朴素的生活愿望与景象，风调雨顺，春种秋收。

Q: *女性成长中，最大的困境是什么呢？*

A: 我认为是畏惧成功。女性的力量非常柔韧，她们由内而外地散发着光芒。但很多女性，尤其是优秀的女性，她们面对自己的优秀时，反而不自知、不自信。

女人要自信、自足、自立，相信自己的好。

Q: *梁老师，您最欣赏的女性是什么样的呢？*

A: 干净、漂亮、颜值高的女人，人人都喜欢。至少人们感觉她是一个认真对待自己的人。

女孩子越漂亮，她可能从小受到的诱惑就越大。漂亮，本身就有特点，它是自然得来的。有些女孩会理所当然地认为，这个世界上很多东西都是她应该得到的。千万不要有理所当然的想法，即便男人呵护你，内心也一定要有温暖、有感谢。

跟漂亮不一样的，是美丽，它其实是修养，是文化的气质、知识的积累，有着内在的丰富性。

再往上一层的美，可以称之为好看的灵魂。她的谈吐得体，眼神有光，她对世界的体会有温度，有宽度。她可能不够漂亮，但她一定给人一种很美好的感觉。

那么，怎样才可以做到最高层次的美？我自己的理解是，要爱看书，看长篇小说，理解其中丰富的情感；喜欢游历，每到一个城市，去看看当地的博物馆。

Q：现在的人总喜欢说自己很焦虑，这种焦虑的积极意义是什么呢？

A：80后、90后是最伟大的一群人。他们是有着小焦虑、大动力的一群人。

物质的苦是可以计量的，而精神的苦、情感的苦，是无边无际的。

我们现在是按照农业社会的理念去打造现代生活。期待风调雨顺，又想开拓、创新、尝试。想要搏击风浪，勇立潮头，又想拥有那种起步就是终点的可靠性，这两种期待完全是矛盾的。

他们处于变动之中，没有可参考的未来，没有可对标的过去，他们能做的就是不断地探索和变革。所以，他们不安、焦虑，但他们依然是有动力的。这种动力就是生命力。虽然焦虑，他们却会利用这种情绪反推自己的生命向前一步。

Q: *梁老师，您说自己想做人类的旅行者，去观察和记录这个世界，这意味着要有怎样不同的人生？*

A: 小时候，我特别调皮，经常突发奇想，外面的世界是否还有另一个我过着不一样的人生。我经常一个人独自跳上火车，也不告诉家人。每次家里人都很着急，他们觉得我想法奇怪，后来还特意把我送到精神病院去检查。医生跟我聊了一会儿，跟我家长说赶快把孩子带回去，他一点儿问题也没有。

我爸爸坚持让我留下来，仔细观察。我在精神病院待了一个月，医生护士都跟我说你很好，但你千万不要招惹那些认为你有问题的人。所以我看电影《飞越疯人院》特别有体会。

后来有一次，我出发前往一个农民家，他家在雪山脚下，我决定去看看。路上，我太饿了，就把路边地里的葱拔出来吃。

有一个农民看到我那么饿，就把自己篮子里唯一的黑窝窝头递给我吃，那是我吃过的最美味、最香甜的一个窝窝头。这辈子都令我难以忘记。在那么困难的情况下，一个农民愿意拿出最好的粮食给一个素不相识的人，我非常受触动。

所以，我想不停地去遇见他们，记录他们的生活。我喜欢这种与陌生人的温暖联结。一个人活在这个世界上，内心都有一种温暖、一种光，我想去捕捉、感受、记录。我不想内心充满黑色的情绪，那种占有欲、竞争欲，让人怨恨，也会毁灭一个人。

Q: 梁老师，您在演讲、讲课、文稿中不断地强调，人要做一个宽广的人。什么样的人才是宽广的呢？

A: 人类走过了三个阶段。早期阶段是自然人，人们很淳朴，但这样的生命会经历一次毁灭。因为这种淳朴很单薄、很脆弱，很容易被商品化击破。再往下，是中世纪时期，成为有信仰的人。

再后来的人，是现代人。什么是现代人，就是有人文主义、人文精神的人。我们相信知识，相信理性，相信人有能力创造一个新的世界。我们不需要某种外在的神圣，不需要某种外在的戒律，我们可以通过自己的创造认识世界。

什么才是文明人？

文明人的基础，是他对这个世界有一个非常宽广的认知。他走在夏天的星空下，知道远处的海洋有多少船在航行，知道南美的亚马孙森林里有多少动物在夜里互相呼唤，知道遥远的非洲有多少人在受苦，知道人是有差异性的，这个人就是宽广的。

图书在版编目（CIP）数据

梁永安：阅读、游历和爱情/梁永安著．— 北京：北京时代华文书局，2022.5（2022.10 重印）

ISBN 978-7-5699-4578-2

Ⅰ.①梁… Ⅱ.①梁… Ⅲ.①散文集－中国－当代 Ⅳ.①I267

中国版本图书馆CIP数据核字（2022）第 048778 号

梁永安：阅读、游历和爱情
LIANG YONGAN : YUEDU、YOULI HE AIQING

著　　　者	梁永安
出 版 人	陈　涛
责任编辑	陈丽杰　袁思远
特约策划	韦　娜
责任校对	张彦翔
营销编辑	俞嘉慧　赵莲溪
封面设计	鲁明静
版式设计	段文辉
责任印制	訾　敬

出版发行	北京时代华文书局 http://www.bjsdsj.com.cn
	北京市东城区安定门外大街138号皇城国际大厦A座8层
	邮编：100011　电话：010-64263661　64261528
印　　刷	三河市嘉科万达彩色印刷有限公司　电话：0316-3156777
	（如发现印装质量问题，请与印刷厂联系调换）

开　　本	880 mm×1230 mm　1/32	印　张	9.5	字　数	193千字
版　　次	2022年6月第1版	印　次	2022年10月第9次印刷		
书　　号	ISBN 978-7-5699-4578-2				
定　　价	59.00元				

版权所有，侵权必究

多阅读、多游历、相信爱情。